拥抱阳光

2007世界特奥会开幕式纪实

卢一萍　著

上海人民出版社

目录

壮观的开幕式场景（新华社供稿）

前言

《拥抱阳光——2007世界特奥会开幕式纪实》即将出版。提及本书的写作，还要追述到一年多以前。去年3月，我听说施德容先生正在负责筹备特奥会开幕式，便约了两个作家去他那里了解有关情况。那是一个周日的下午，在盛融投资公司的会客厅廊，早春的阳光照进宽敞的窗户，投在我们身上，令人感到温暖。施德容先生兴味正浓地讲述申办和筹备特奥会的种种艰难曲折、惊心动魄以及一些令人向往的故事，我们饶有兴趣地听着，情绪都随之激动与兴奋。在他绘声绘色地叙述时，我萌发了策划本书的冲动。以后的几个月里，我又去过多次，一方面为本书的策划，另一方面为安排作家深入现场采访写作进行联络和准备。

2007世界特奥会是迄今为止我国承办的规格最高、规模最大的国际赛事，开幕式以“办出上海特色，办出中国水平，办出国际声誉”为目标，以“和谐，人类的共同梦想”为主题，历时3小时15分钟的开幕式，节目精彩纷呈，场内高潮迭起，在生动地演绎“勇气、分享、技能、欢乐”的特奥精神同时也完美地表达了“和谐”这一人类共同的价值追求。上海八万人体育场座无虚席，特奥运动员、教练员、中外观众和来宾们为之共鸣和感动，人们沉浸在欢乐的海洋中。

中外媒体对精彩绝伦的开幕式给予了高度评价，至今没有产生任何负面影响。88个国家和地区的电视台通过卫星实况或延时转播，120个国家和地区的1400多家媒体予以报道，多达8000多条，掀起了一股“特奥热”，开幕式“成功地将中国推到了全球特奥运动的最前端”。

胡锦涛总书记去年10月1日在实地察看虹口区曲阳社区专门为智障人士设立的“阳光之家”时指出，“各级党委和政府要以举办2007年夏季特奥会为契机，在全社会大力弘扬高尚的人道主义精神和中华民族的传统美德，广泛动员各方面力量，千方百计帮助残疾人排忧解难，努力形成人人尊重、关心、帮助残疾人的良好风尚，让关爱的阳光照亮每一个残疾人的心灵”。让每一个智障人拥抱关爱的阳光，是人类文明进步、社会和谐友爱的重要标志。开幕式充分展现了中国政府关爱智障人群、重视人权保障的决心和力量，其影响是广泛的，也将是深远的。

外方总导演、总制作人唐·米歇尔意味深长地说，特奥会开幕式是一个漫长的过程，也是一个真正意义上的中外合作的大制作。他道出了开幕式的巨大艰难和成功。开幕式是特奥会的重头戏，为了举办一届精彩、难忘的开幕式，在国内首次采取“中外合作、中方主导、各方参与”的模式，其意义之重大不言而喻。就如开幕式的成功是空前的一般，开幕式的要求之高、难度之大、付出之多也是空前的。中外团队首次合作，在遇到棘手问题时双方难免因为文化背景和观念不同而引起一系列的矛盾冲突，执委会内部机构、中外团队以及与外部组织之间的大量协调工作，如何保障国际性大型活动有条不紊地组织，资金严重匮乏，领导如何审查国际性大制作节目，公安部门面临安全保卫的巨大压力，如何保证开幕式在无雨的条件下进行等等。诸如此类的更多问题，都没有惯例、先例或模式可以借鉴解决，每天等待人们的是一个接着一个的挑战。施德容先生说，特奥会及开幕式筹办过程真是火热的生活，这样的经历对作家来说是珍贵的。

与此同时，我开始物色能够担当重任的作家，我清楚，这是一次充满艰难险阻的出征。卢一萍是一位优秀的部队青年作家，他在纪实文学创作上取得过优异的成绩，而且

他富有敬业精神，吃苦耐劳，是一个合适的人选。炎夏季节，他一头扎进火热的开幕式排练现场，每天晚上到八万人体育场感受现场气氛，采访相关人士，收集创作素材。

按照原先的选题计划，本书拟对特奥会开幕式制作过程进行全景式描写，作者为此将系统全面地采访执委会领导们、各有关部门负责人、创意和制作团队里中外双方主要成员、主要演员和明星们，以便获得重要信息和第一手材料。这样的考虑，最初在策划的时候是容易的，一旦实施就面临了许多困难。几个月里，卢一萍一直不断地向我抱怨：他们忙得不可开交，根本挤不出时间接受采访，还有很多人甚至都见不到人影。我曾试图帮他联络，效果也不满意。我想等到开幕式结束后再让他继续采访，包括开幕式后的一些花絮，这也都是原先计划里已经安排好的采访任务。但是他的假期一续再续，部队早就催促他赶紧归队，不再给他时间了，以致他来不及完成部分采访计划。关于本书，尽管作者已经花了很大精力，尽了最大努力，在一切可能的情况下对开幕式制作过程中的那些值得描写的人和事作了详尽和精彩的描写，但这部纪实作品在内容反映上依然是不全面的，这是一个遗憾。同时要说明，本书作为纪实文学，作者的职责是记录和再现开幕式制作过程中的现实，用文学思维的方式择取题材、开掘主题、提炼文本的思想价值和社会意义，叙述那些有意义的人和事，关注塑造形象、锤

2007年夏季特奥会开幕式全景

开幕式五彩缤纷的焰火

炼语言等艺术质感方面的问题，作者不能也不会像评比总结那样顾及方方面面以致文本的最终平庸。

鉴于本书内容不够全面的缺憾，作为策划人，我有必要在这有限的篇幅中，对执委会有关部门的竭力工作和显著业绩做些必要的、简括的补记。

首次举办如此高规格和大规模的特奥会开幕式，显而易见，执委会各部门必然面临很大困难和很多矛盾。开幕式举办得非常成功，首先应归功于党中央和国务院的正确领导，以及市委、市政府领导的高度重视和关心，组委会和执委会的精心组织与周密安排。特奥会是国家赋予上海的重大而光荣的任务，体现了中央对上海的信任。几年来，从市领导到组委会各成员单位以及执委会各部门的领导，都很重视这项工作，始终按照中央的要求，加强领导，全力以赴，确保特奥会的成功举办。为了筹办制作好开幕式，很长时间里，在第一线的工作人员，他们为弘扬特奥运动与构建和谐社会的理念，以实际行动诠释上海城市精神，克服了常人难以想象和忍受的艰辛。

方国平是市民政局副局长，在大型活动部任部长。大型活动部的主要任务是为开幕式、闭幕式和执法人员火炬跑三大活动做好组织筹办和协调服务工作，确保三大活动的成功举行。大型活动部虽然不直接参加开幕式制作，但是开幕式活动参与人员多、规模大、战线长、涉及面广，是个系统工程。为了确保开幕式顺利进行，方国平与大型活动部工作人员一起开展了大量的幕后协调工作，比如他们要动员组织驻沪部队官兵和部分高校学生参加开幕式排练和演出，要招募近万名群众演员，要协助配合开幕式导演组，要做好体育、文艺明星的邀请和报批工作，要协调落实开幕式场地，要做好开幕式排练演出和赛事安排的衔接，要争取各有关部门的支持配合，要协调落实开幕式演职人员排练和演出期间的食品卫生保障、医疗救护保障、信息通信保障、航拍报批、搭建中央电视台拍摄平台等，以上工作都得由他们去协调解决。一言以蔽之，他们要为特奥会的三大活动的顺利进行开展大量的、艰难的基础工作。他们是默默无闻的，这就需要他们具有奉献精神。事后，方国平用了“往事不堪回首，终于长长地抒了一口气”这句话语来概括他在特奥会执委会大型活动部的履职感受，我完全能够理解他的难以表达的心情。方国平性格直爽，给人印象深刻的是他的意气风发的精神气概，还有他的大局观念、善于动脑等素养。开幕式采用中外合作的模式，中外双方文化观念不同，办事方式也不同，合作过程中出现了很多新情况、新问题，方国平和他的属下常常处于夹在中间两头不落好的尴尬境地。那些老外们不懂我们的国情，自以为在他们国家轻而易举可以解决的问题为什么在我们国家老是拖着不解决，于是冲着方国平大发洋人脾气，甚至骂他。上海是国内搞大型活动最多的地方，中方有些部门的人员自认为见多识广，最有发言权，哪里把洋人放在眼里，所以当大型活动部在协调有关部门解决老外提出的问题时，中方那些人倒过来说方国平他们崇洋媚外。方国平大度，他说，老外和中方的理念不同，双方在合作时冲撞很大，他要在中间多做协调工作，尤其是要尊重老外、说服中方。特奥会及开幕式是大局，为了这个大局，方国平和同事们只能顾全，只能忍让。他告诉我，他那个部门虽然不直接参加开幕式制作，做的都是幕后协调工作，大家又受了很多委屈，可是工作人员表现都很好，从不计较个人得失，他为此感到满意。大型活动部勇于突破创新，善于组织实施，这里只能重点说说票务和观众的组织工作。开幕式票务工作要求高、种类多、对象杂、总量大，特别是正式门票要进行实名制管理，这在特奥会和我国重大赛会历史上是第一次。实行个人实名制与单位责任制相结合的管理方式，对数万名国内外观众进行实名信息登记和身份核验、背景审查，还要调整信息核验未通过的和信息报送有误的观众，为开幕式的安保工作打下了重要基础。在观众的组织方面，大型活动部采用了“全流程、全过程、全方位”的方式，采取了“团进团出、错时进退、分区管理”等措施，确保开幕式观众进退有序。8万多观众和各代表团“准时到场、安检入场、互动暖场、稳场撤场”，整个开幕式活动组织有序。了不起的是，上海特奥会开幕式代表团入场用时仅为雅典奥运会代表团入场时间的一半，而前者人数仅少于后者1000人。开幕式结束后，所有特奥运动员在1小时左右平安到达驻地，没有一人走失。大型活动部还建立了以工作人员和志愿者为主体的开幕式现场服务保障队伍，搞好现场保障服务，引导互动融合等，协调解决观众应急事项。

大型活动部部长方国平在新闻发布会上

国际联络和涉外事务部负责特奥会对外事务，该部工作任务极其繁重艰巨，工作人员组织了精干高效的各个小组，在孙力军部长的带领下，大家发扬敬业奉献精神，圆满完成了执法人员火炬跑境外段的组织和实施、智障人士福利全球政策高峰论坛的筹办、特奥会政要邀请和接待、与国际特奥会和各特奥组织及驻沪领馆的日常联络、特奥代表团和家属及外国嘉宾来华签证、特奥会国内外推介、语言翻译服务、特奥会代表团联络官的招募及培训、组织和协调市领导出席特奥会涉外活动、应急处置等各项工作。国际联络和涉外事务部工作人员放弃了大量节假日休息时间，平时也经常加班加点，他们全身心地投入，认真地做好以上每一项工作。实践证明，这支队伍政治素质高、业务能力强、思想作风好，是能打硬仗、经得起考验的队伍。以执法人员火炬跑境外段的组织和实施工作为例，该部人员与各有关部门密切配合，圆满地完成了任务，受到了上级的高度评价。火炬跑是特奥会重头戏之一，火炬跑境外段活动自6月29日起至9月25日结束，近3个月时间。特奥圣火在希腊点燃后，分五个阶段进行，途经埃及、英国、美国、日本、韩国和澳大利亚等国及我国香港、澳门特别行政区。这次参与国家、地区之多、行进路线之长，开创了世界特奥会历史上的新纪录。火炬跑境外段活动受到了中外各界的高度重视，也得到了各方来宾的一致好评，获得了圆满成功，达到了预期效果。在美国，布什总统和夫人劳拉亲自出席白宫的活动并致辞，这在特奥会的历史上是第一次。除政要高官外，上述国家和地区演艺界、教育界、慈善界、企业界等诸多名流也参加了火炬跑的各类庆祝活动。本届特奥会首次尝试在世界范围内火炬跑活动，国际特奥会在活动前一度担心活动能否达到期望的效果。为了成功举行火炬跑活动，国际联络和涉外事务部工作人员事先作了充分准备，比如活动的地点要有标志性背景，参与的嘉宾要有影响，活动的过程要互动感人，仪式程序要简洁。他们把场景、人物和活动有机融合，以产生最大的宣传效应。在火炬跑活动中，弱智孩子在欢呼，家长含泪亲吻他们，社会名流热心参与、沿途路人的热烈掌声，这些场面催人泪下，引起了人们的共鸣。火炬跑活动对于促进双边交流起到了积极作用，在美国段的活动中，中美两国领导人通过活动进行了交流和沟通。胡锦涛主席的贺词充分表明了中国政府对特奥运动的重视；布什夫妇的亲临也传达了美国政府、美国人民对上海特奥会的祝福，对中国人民的友谊和对世界和平的祝愿。国内外主流媒体对火炬跑活动广为关注，分别给予及时报道，进一步扩大了2007年特奥会的影响。火炬跑所经过的国家和地区都遇到不同的安全问题，国际联络和涉外事务部将安全要求作为开展活动的前提条件，并得到了我国外交部和驻外大使馆的全力支持和配合，由于安保和防范工作到位，整个活动得以平稳和顺利地进行。

社区接待部主要负责社区接待计划、代表团接待服务的各项筹备工作，任务重、时间紧、要求高。该部工作人员由市民政局各相关部门的得力人员组成，在市民政局副局长、社区接待部部长高菊兰的领导下，为确保特奥社区接待和代表团接待服务的各项工作有条不紊地进行，该部全体工作人员恪尽职守、迎难而上、无私奉献、不计得失，充分体现了高度的责任感和使命感。社区接待计划是特奥会开展的第一个非体育项目，也是最能展现城市精神风貌的特色项目。该部的工作不仅得到了各参赛代表团和国际特奥会的充分肯定和赞赏，也在全社会掀起一股“关注特奥、参与特奥、融入特奥”的热潮，为扩大特奥宣传、营造和谐氛围起到了积极的推动作用。在这个团队中，有人不顾身体虚弱，坚守在工作岗位上，从未请过一天病假；有人不顾年事已高，

社区接待部部长高菊兰拥抱特奥运动员

帮带年轻同志，无私贡献出自己的宝贵经验。有一位工作人员在工作中重重地摔了一跤，仍然忍着腿部剧烈的疼痛连续奋战了两天，直到后来发现腿已经肿得像个馒头，才到医院检查，结果诊断为骨裂。还有一位工作人员就要结婚了，还瞒着同事们一直工作到新婚前一天深夜。在大家的共同努力下，社区接待部成绩斐然，在市执委会质量规范管理小组的最后测评中，通过163个特奥代表团成员的综合评分，社区接待计划得分高达92.9分，位列本届特殊奥运会各项活动评分成绩的前三名。高菊兰在开幕式上负责散场的组织工作，这是个没人干的苦差事。按照规定，在开幕式举行的时候，她和属下都必须坚守在场外，忙乎了很长日子了，谁都想观看开幕式的精彩演出，结果他们却什么也没看到。开幕式那几个小时里，他们只能听到场内的声音而无法看见激

动人心、引人入胜的场面，心里难以忍受的滋味可想而知。等别人欢庆完了，他们还要聚精会神地忙活着散场工作，散场是一件大事情，不能出现任何闪失。

气象服务和保障组在市气象局的直接参与下为开幕式提供气象服务保障工作，他们的工作任务异常艰巨，作用是不可替代的，贡献也是独特的。开幕式的气象问题始终叫人揪心，市领导们总是在为此担心，开幕式制作团队的成员们也常常为此寝食不安。气象组根据执委会的要求，开展了人工消云减雨作业的具体工作，先后联系空军和北京、山东、江苏、浙江等气象局，组建了一支70人的专家和作业队伍，租调了几架飞机在硕放机场开展人工消云减雨作业。从9月15日第一批接待人员到无锡，至10月16日最后一架飞机离开无锡，历时一个月。在10月2日的开幕式上，气象组作业4小时，保证了开幕式在无雨的情况下进行，圆满地完成了任务。开幕式那天老天有眼，总算是有惊无险。假如那天天气条件恶劣，遇到大雨，按照国际惯例，就要动用应急方案，也就是说在事先预备的一个室内场地进行，当然演出效果会大打折扣，这是谁也不愿意看到的场面。

安全保卫工作是办好特奥会开幕式的重中之重，没有安全保障就没有特奥会的成功，切实加强各项安保工作措施，确保绝对安全和万无一失，成为开幕式的首要任务。本届特奥会是去年全球最大的赛事之一，也是2008年北京奥运会前在我国举办的参赛

身着汉服的女子在开幕式上表演（新华社供稿）

王康宏（右一）、施德容（右二）、方国平（右三）在排练现场交谈

国家、地区和参赛人数最多的综合性国际体育赛事。本届特奥会开幕式安全保卫工作的特点是规模大、规格高、难度大，如此大规模的国际性重大活动的安全保卫工作，对公安部门来说还是第一次承担，没有现成的经验和模式可循。党和国家领导人、众多外国政要，以及世界名流、明星出席特奥会开幕式活动，必须确保安全警卫工作万无一失。参加特奥会开幕式的运动员智商均在70以下，部分在20以下，缺乏自我保护能力，需要落实非常规性的安全保卫措施。因此，特奥会开幕式安全保卫工作难度很大。全市各级公安机关在公安部和市委、市政府的坚强领导下，提出了坚决守住安全底线的工作要求，精心组织、周密谋划，突出重点、强化措施，全体参战干警和武警官兵恪尽职守、连续奋战，圆满完成了特奥会各项安全保卫任务。尤其是特奥会执委会采纳了市公安局关于开幕式票务工作实行实名制团购和身份核对的建议，即由各区县、大口组织团购门票并落实对持票人实名登记，由市公安局对数万名持票观众的实名信息进行了身份核对，从而确保了开幕式的绝对安全。针对开幕式期间安保任务繁重、艰巨的情况，为了加强安保指挥，在开幕式前期，公安部领导亲临现场，检查、督导开幕式的安全保卫工作；开幕式当天，公安部领导在市公安局领导的陪同下又坐镇指挥了安全保卫工作。在开幕式现场监控室，公安干警们从早到晚严密监控现场的每个角落，但他们吃得很简单，就是方便面和面包。市公安局还采取了一系列有效措施，在开幕式现场设置观众进场疏导区域、增加安检设备和人员等措施，在10月2日开幕式活动中有序组织观众进、退场，确保了特奥会开幕式活动的绝对安全和万无一失。

执委会共有一室十六部，应该说其他部门也为开幕式做了大量工作，没有他们的共同参与和努力，开幕式取得如此成功是不可能的。特别是市政府副秘书长姚明宝，他担任组委会秘书长和执委会副主任，在特奥会筹备过程中，大家都是有了难题就找姚明宝秘书长协调。市领导们，还有执委会的其他领导，长期以来，他们为开幕式筹办付出了很多，他们常常废寝忘食、夜以继日地操劳，这里也无法一一提及他们的名字和事迹。

顺便提到，作者在今年1月完成书稿后，施德容多次向我提出，希望作者再来上海，继续深入采访，更全面地收集掌握筹办和制作开幕式的情况，包括对执委会的领导们、各部门的负责人以及重要岗位的工作人员逐一采访，尽可能做到“面面俱到”。后来，方国平也向我表示过类似意见。他们认为，参与开幕式筹办和制作的领导、工作部门与工作人员很多，大家都出了力，应该全面地反映开幕式的筹办和制作，图书应该呈现开幕式“全貌”。为此，本书的出版时间也一推再推。我没有完成任务，其中有前面提到的作者请不出假的原因，也有具体操作上的困难。资深出版人、上海出版工作者协会秘书长吴士余直接参加了内容策划，不仅起草了内容策划方案，还对书稿提出了一系列的修改意见。本人在近三四个月里对书稿前后作了3次修改。上海人民出版社的编审人员对书稿作了最后的审定修改。

开幕式的实践告诉我们，要成功举办这么大的一个活动，必须要依靠社会主义制度集中力量办大事的优势，同时又要采取与社会主义市场经济体制相适应的运行机制，解放思想，实事求是，勇于创新，敢于攀登，形成一套既与国际接轨、又符合国情的上海模式。改革开放以来，中华文化在世界上的影响力逐步增强，与世界文化进行对话和交流，已经成为发展趋势。新世纪以来，推动中华文化走向世界，已成为提高文化软实力和实施国家发展战略的迫切需要。但同时也要看到，现阶段我国文化产品的国际竞争力还不强。面对新的形势，我们要增强紧迫感、责任感和使命感，把握有利于文化发展的重要战略机遇，吸收借鉴世界各国优秀文化成果，推动文化创新，提升我国文化产品的影响力和竞争力，积极推动中华文化面向世界、走向世界，促进中华民族的伟大复兴。特奥会是个难得的机遇，尽善尽美地做好各门功课，确实需要大智慧和大勇气。开幕式办成了世界优秀文化“引进来”和中华优秀文化“走出去”相结合的典范，由于两者的完美结合，充分展现了我国整体文化实力和国家形象。事实证明，开幕式要“办出上海特色，办出中国水平，办出国际声誉”，只有以国外受众接受的习惯，换言之，以中华文化、国际表达的方式，世界各国人民才能自觉地接受“和谐是人类的共同梦想”的理念，才能更好地理解中国构建社会主义和谐社会的重大问题。中外团队以合作方式制作特奥会开幕式这样具有世界顶级水平的节目，也是一种文化创新，这种方式有效地增进了世界对中国的了解，这是开幕式带给我们的重要启示。

开幕式的实践还告诉我们，要增强我国在国际文化活动中的竞争力和影响力，关于高层次人才的培养、把金融工商等其他行业的优秀人才集聚到文化建设中来，甚至动员全社会的力量参与文化建设等诸如此类的重要问题，都需要在文化的大发展和大繁荣的实践中加以解决。依靠社会力量，尊重首创精神，把社会力量举办文化的积极性和创造性引导好、保护好和发挥好，这种有利于社会主义文化发展的良好氛围和发展态势正在上海日益形成。增强中国文化走向世界的实力，归根到底还是人才问题。这届特奥会开幕式有一个现象值得重视，作为一个世界顶级的文化活动，外方核心团队的成员清一色的内行，而中方核心团队的成员竟然都是“外行”。开幕式结束后，“外行”们以强烈的使命感和职业精神赢得了外方的高度评价和发自内心的尊敬。当我们读了本书，看到了开幕式制作过程中的风风雨雨，认识了中方的这些“外行”们，这一切疑问自然就迎刃而解了。世界已经了解了中国经济的强大，世界还希望了解中国文化的独特魅力。我想，等到了中国的各个文化领域都有了自己的“唐·米歇尔”的那一天，中国就能让全世界更全面、更深入地了解源远流长、璀璨夺目的中华文化。我们热切地盼望着那一天。

开幕式还留下了更多的经验和财富等待挖掘、总结和分享。值得一提的是，本书以一个鲜活的案例，为不同的读者群体提供了一个具有多元内涵的文本，从这个意义上说，作者的创造性劳动将在日后显示出更多的价值。

2007世界特奥会开幕式拉上了帷幕。但是，“39年特奥会史上，从未有过如本届特奥会般华美而群星璀璨的开幕式”，永远留在了人们美好记忆里。

因为这样，人们将永远铭记所有为2007世界特奥会开幕式作出过贡献的人。

臧建民

上海市作家协会秘书长

上海文学创作中心常务副主任

第一章

最完美的呈现

一、世界上最特殊的盛会

2007年10月2日，上海的八万人体育场座无虚席，来自164个国家和地区的7450名特奥运动员和7万余名观众共聚一堂，把全世界的目光吸引到了这里——以“和谐：人类共同的梦想”为主题的2007世界夏季特殊奥运会开幕式终于呈现在全球观众面前。

这场盛会以艺术表演《和谐：一致的心跳》开始。3000面威风锣鼓布满舞台，60面直径超过2米的威风大鼓环绕现场一周，夜色里，全场屏声倾听由远而近的心跳声，特奥运动员高鹏伴随那心跳声沉稳地走向舞台中央。光柱下，他的脸上透出坚毅自信的神情，随而有力地击响清脆的鼓声，尔后，数千名鼓手与之呼应，共同击出人类心跳的声音。节奏强烈而有力的鼓点给现场观众以极大的震撼，他们激动不已，兴奋地敲起手中的小鼓，场内几万只鼓共同奏响了震天动地的生命乐章。

仪式台搭建成功

上海代表中国，在这一个神圣的时刻，向全世界发出了智障人的心声：“今晚，请你悉心聆听，虽然我们不尽相同，但却拥有和谐一致的心跳！”《一致的心跳》让现场和世界都听到了特奥运动员的心跳声，听到了中国的声音。

21点20分，在如潮的掌声中，中国国家主席胡锦涛宣布：2007年世界夏季特殊

60面大鼓和3000面小鼓组成的威风锣鼓《一致的心跳》随着腾飞的焰火一起擂响，震天动地（新华社供稿）

奥林匹克运动会开幕！

顿时，体育场欢呼雷动，夜空被无数银色火龙照亮，8万人兴奋地呼喊着，全世界的人们为壮观的场面激动不已。

来自全世界的1万多名特奥运动员、教练员共聚黄浦江畔。这是世界特奥会40年来首次走进发展中国家、走进亚洲、走进中国。素以经济和社会发展的成就为人称道的上海，向全世界的智障人士播撒了爱心和希望，也展示了改革开放30年的中国的活力和自信。

特奥会开幕式表演的勇气、技能、分享、欢乐四个篇章精彩绝伦地诠释着特奥精神。舞台上，特奥运动员成了真正的主角和英雄，他们以自己卓越的表现当众实现了“勇敢尝试，争取胜利”的伟大誓言。

身穿橘黄色运动服的特奥运动员、特奥形象大使吴方淼和身穿红色运动T恤的特奥女运动员柳渊，分别从舞台两侧攀登由600多名少林武术学校的群众演员用少林棍组成的“长城”，勇敢而艰难地前行，直至登上最高的烽火台，高举着双手向全场致意，用自己的行动诠释了“不到长城非好汉”的古语，也用行动阐释了“你行，我也行”的特奥主题口号。顿时全场起立，人们将最热烈的掌声送给“勇敢的人”。

在运动员入场仪式中，姚明和中国特奥代表团一同走进了现场，他身穿黑色的西服，带着姚明式的微笑，左手拉着一名特奥小运动员，轻松地走在队伍方阵中间。经过美国特奥代表团队伍的时候，有六七名美国特奥运动员向他友好地高高伸出双手，姚明举起自己的右手，和他们一一击掌。据美国《休斯敦纪事报》9月20日报道，为了参加特奥会开幕式，姚明将缺席火箭队媒体日的活动和前两天的训练，为此将遭到球队罚款27500美元。近年来，在NBA打球的姚明曾多次飞回国内，参加与特奥有关的公益活动。对于球队的处罚，姚明毫无怨言，他表示:“作为特奥会形象大使，我被邀请以嘉宾的身份参加开幕式，再说这次特奥会还是在我家乡上海举行，所以我认为这是我的责任和义务。”

接着，7万多名观众化身“演员”，与特奥运动员一起合作创造了一个梦幻之夜。观众入场后发现，每人的座椅上都有一个包装好的纸盒，那是组委会特意为大家准备的道具箱，里面有一面小鼓、一幅绸带、一管彩笛、一把团扇、一支手电筒。开幕式开始以后，大家都听从现场主持人的指挥，一会儿展开自己手中的团扇形成一道巨型彩虹，一会儿用手中的电筒将体育场装扮成点点星光，就这样，所有人都参与了当晚的梦幻演出。

当著名大提琴家马友友和“丝绸之路乐团”演奏起由阿根廷作曲家奥斯瓦尔多·格利约夫创作的乐曲《快乐》时，全场感人至深的一幕出现了：根据之前特奥形象大使赵薇的提示，全场观众起立，依次吹响不同颜色的彩笛，哨音回荡全场。

紧接着，再次出场的姚明和特奥篮球运动员普朗凯特，他们满怀深情地一起向全世界介绍了“特奥希望之火”的传递过程。“火炬跨越了22000英里，最终来到了上海，这是特奥首次进行的全球火炬接力，让众多智障人士从光芒中看到了希望。”随后，人们熟悉的奥运冠军、2007年世界特殊奥林匹克运动会爱心大使刘翔的身影出现在了开幕式现场。这位田坛英雄为支持特奥，捐献了自己一套价值80万的公寓。数日前就曾传出刘翔会在特奥会开幕式上担任一个十分神圣的工作。现在，这个谜底终于揭开了。身穿白色运动T恤的刘翔和乌干达特奥运动员手持特奥“希望之火”缓步

美丽的烟花

鼓声响起

跑入现场，拉开了特奥圣火在场内传递的序幕，八万人体育场此刻又一次欢呼四起。

特奥火炬先后经过巴西、阿联酋、印度、尼日利亚、美国特奥运动员之手，最后传递给中国特奥运动员程红，她接过火炬，跑向火炬台，在神圣的气氛中，点燃了火炬台中的“圣水”，火炬台随之破水而出，一只环形的圣火圈被点燃，旋转着徐徐升起。

历时3个小时的开幕式精彩纷呈、高潮迭起，让所有人激动、振奋、感动。

它体现了一个大国的气度，一个古国的包容，一种东方的磅礴。这是许多人最直观的感受，而很多专家则将其与奥运会开幕式媲美。它之所以如此成功，是因为它所传达的东西让人们的心灵受到了震撼，是因为爱的光芒本来就是灿烂夺目的。

二、这个开幕式是非常坚固的

10月2日，上海的台风刚过去几天，时值夏末秋初，天气晴朗凉爽，摩天大楼探进飘浮着白云的深蓝色天空里。这座城市依旧充满着青春气息和蓬勃的生命活力。如果不去留意，它和往日比起来，并没有什么不同。其实，这座城市已被一种巨大的兴奋感所浸染，它所有的神经都已兴奋起来，因为本年度全球最盛大、最特殊的体育赛事即将在八万人体育场开幕。

这个时候，开幕式总制作人施德容和执行制作人顾抒航终于感觉轻松了一些，他们长长地舒了一口气。他们经历的一切即将有一个结果。对于它的圆满呈现，他们充满了信心。就像一株精心培育的稀世之花，已经到了自然绽放的时刻。

后来，当我们透过这个经典的开幕式的层层帷幔，才发现了这个开幕式和他们的莫大的关系，才发现他们是特奥会开幕式的灵魂人物，他们与另一些关键人物组成了开幕式创意制作核心团队。

特奥会开幕式的制作团队采用了中外合作这种方式，开幕式结束后，合作双方都感到很满意，并说非常非常好，他们用了一个词，就说这个开幕式“是非常坚固的”，几乎无懈可击。就是说这类东西会很容易浮夸，但这个节目的基础打得非常坚实，每一个章节的表演都能紧扣主题，都有震撼人心的地方。这是大家一致的看法。

美国人举办的类似大型活动非常之多，可谓见多识广，但这个开幕式还是出乎他们的意料。他们给予了非常高的评价。

制作团队的外方人员更是高兴，他们的个性决定了他们不会谦虚。对于那些赞美之词，他们一概接受，觉得受之无愧。舞台总监黛比拉·克朗莎说，这个舞台和规模

编钟等乐器奏响清扬的序曲

裁判员代表杨培刚（左前）和运动员代表叶世华（右前）在宣誓仪式上（新华社供稿）

花这么一点钱，在我们看来是不可能的，但它最终如此完美地成了现实！灯光设计师鲍比·狄更森在全球做过众多大型活动，他就认为这个开幕式的规模和品质是在全世界排前十位的，它是全球最成功的十个演出之一。

中国的观众给他们留下了尤其深刻的印象。他们原来认为中国人在感情的表达上会有所保留，所以担心所有这些需要观众互动的内容到时都不会有多少效果。这些内

开幕式表演“分享——中国结”（新华社供稿）

开幕式表演“勇气——人类精神的力量”（新华社供稿）

合唱《你行，我也行》把整个表演推向了高潮（新华社供稿）

刘翔与乌干达特奥运动员在进行火炬传递（新华社供稿）

开幕式现场的火炬传递（新华社供稿）

刘翔与乌干达特奥运动员将火炬传递给巴西特奥运动员（新华社供稿）

美国加州州长施瓦辛格和美国代表团其他成员步入开幕式现场(新华社供稿)

美国代表团入场(新华社供稿)

容一开始设计的时候不管有多好看，都必须让观众愿意这样去做才会达到预想的效果，而且这个没法排练。他们担心观众到时不会热情积极地参与，很担心观众如果很保守的话怎么办？但那天观众的欢呼啊，运动员入场时对运动员的鼓励啊，对道具使用的配合啊，都大大出乎他们的意料。

特奥会开幕式艺术总顾问、著名艺术理论家、散文家余秋雨说过，在他看来，特奥会是一次人道主义的大聚会，开幕式则是一个巨大的晚会，能感受到一份励志的东西在其中。正如余秋雨所说的那样，这一点在开幕式的“技能”篇中让人体会得最为深刻。吴方淼和柳渊勇敢而艰难的“长城”之行无疑是全场的亮点之一。用特奥形象大使莫文蔚的话说：“每一位特奥运动员心里，都有一座蜿——的长城，他们要付出比常人更多的艰辛，才能攀上生命的巅峰。特奥运动员让我们懂得，上天赋予他们有限的智慧，但不懈的努力却能让他们谱写生命的华彩。”

开幕式外方总导演唐·米歇尔先生动情地说：“包括吴方淼和柳渊在内，他们所有人都不是在表演，你们在电视上看到吴方淼他们在挣扎着爬，这是真的，没有带任何做作的成分，同样的动作他们在彩排中做了不知道多少次，每一次都能震撼到我的心灵。吴方淼是个脑瘫的孩子，平时走路都有些困难，更何况是那么长那么高的人造长城！这些孩子们的努力深深感染了每一个人。在表演前，我们单为这个节目就准备了一卷特殊的音乐带，时间跨度相当长，我告诉吴方淼，如果摔下来，不要怕，继续爬，所有人包括音乐都会等你，因为我们相信你能够爬上顶峰！”

这个开幕式无论从情感还是气派上来讲，无论从它的视觉还是听觉上来讲，都非常成功，极有震撼力。它的成功主要体现在它激发出的不仅是中国人的情感，亚洲人的情感，而且还是全世界人的情感。

而特奥会开幕式展示的是智障人的成就，不像奥运会开幕式那样，可以展示当地的文化，仅靠当地悠久、灿烂、独特的文化就足以吸引人的目光，感动人的心灵。所以，它比奥运会开幕式更难做，更考验制作人的功力，它和奥运会其实完全是两码事，没有多少可比性。

但没有开幕以前，施德容和顾抒航都很低调，都不愿把话说得太满。因为艺术的东西是很个性的。你说雅典的灯光好，但中国人可能不这样认为，每个民族都有自己的审美取向。

直到开幕前夕，对特奥会开幕式的宣传都很少，它不像奥运会那样，即使不做什么宣传工作，也一直有人在期待。而在这个传媒非常发达的时代，二流的东西有人炒作就

国际特奥会主席施莱佛与中国代表团成员一同入场（新华社供稿）

是一流的，一流的东西没人宣传就是三流的。

由于开幕式在开幕之前一直是保密的，所以它一旦揭开神秘的面纱，旋即吸引了世界亿万人的目光，引起了全球媒体的关注。本届特奥会的新闻宣传创下了纪录。赛会期间，境外媒体有关特奥会的报道超过10万篇，特奥会的官方网站访问量达到1.22亿人次，共有来自120多个国家和地区的1400名记者采访了本届特奥会，报道规模在特奥会历史上是空前的。其中，有80个国家和地区的电视台对特奥会开幕式进行了转播，据测算全球有7亿观众收看。

国际特奥会官员认为，2007年上海特奥会的成功举办使各国媒体掀起“中国热”。如潮的评论不但对开幕式给予了一致的好评，也对中国政府对人权的关注给予了积极的评价。

——《华尔街日报》评论说，中华人民共和国主席胡锦涛昨晚宣布2007年世界夏季特殊奥运会开幕，标志着中国在对待智障人群方面发生了巨大转变。

——《芝加哥论坛报》报道说，本届特殊奥运会的开幕式气势磅礴，不输以往任何一届奥运会。

开幕式上群星闪耀，超过5000多名优雅的演出者，五彩斑斓的灯光设计和缤纷炫目的焰火，无不昭示出特殊奥林匹克40多年前从芝加哥第一届运动会起所跨越的非凡历程。

近三个小时的开幕式可谓巨星云集，包括国际影视巨星成龙、爱尔兰影星柯林·法瑞尔、美国加州州长阿诺·施瓦辛格等，显示出中国这个世界大国对智障人群的巨大关注和支持。

——BBC和印度报业托拉斯赞誉道，三小时的特奥会开幕式汇集了绚丽夺目的灯光、缤纷璀璨的焰火和华丽的舞美道具，给观众带来极大的视觉和听觉震撼。

——路透社说，2007年世界夏季特殊奥运会开幕式“成功地将中国推到全球特奥运动的最前端”。

——《渥太华公民报》认为这场精彩绝伦、巨星云集的特殊奥运会开幕式是“中国为明年的北京奥运会举行了一场盛装的演练”。

——《爱尔兰时报》的报道充满了诗意，它说，一名中国特奥运动员敲响了象征着人类心跳的鼓声，继之以流光溢彩的动作和色彩，构成了举世震惊的壮观场面。

在开幕式上，近万名运动员在无数现场观众和多位国际巨星的鼓励下，在上海八

秦怡和中国代表团入场（新华社供稿）

五星红旗在开幕式上升起（新华社供稿）

万人体育场里尽情地欢唱舞蹈，其中还包括了143名来自伊拉克的运动员。

据唐·米歇尔介绍，整个开幕式的主要创意便是要把整个体育场变成包容和颂扬差异的舞台，“闪耀人类生活的尊严和人类灵魂之美”。

来自地球每一个角落的特奥代表团沉浸在色彩绚丽、充满激情的开幕式过程中。

——塞翁信息咨询服务中心则说，2007年世界夏季特殊奥林匹克运动会的开幕式感人至深，把温暖带给了中国和全世界。

美国教育部长玛格丽特·斯佩林斯表示，在上海她能充分地感受到特殊奥林匹克的精神，这是一个充满了勇气、技能、分享和欢乐的世界。昨天晚上的开幕式精彩异常，让人难以置信，充分表现了中国文化和特殊奥林匹克的精神。她还在上海的美国领事馆对媒体和美国代表团说，美国政府对2007年世界夏季特殊奥林匹克运动会高度重视，出席本次开幕式上的这支美国代表团是有史以来第一次由总统任命的代表团。

上海举办的2007年世界夏季特殊奥运会显示出中国与国际社会的接轨，它展示了中国改革开放和社会主义现代化所取得的新成就，中国人权事业的新发展，关注、照顾、尊重和帮助智障人士的新风尚，还有上海作为一个国际化的现代都市城市建设

高鹏与鼓手们敲响了震撼人心的鼓声

中国特奥选手程红点燃特奥会主会场圣火（新华社供稿）

与文明的全新形象。

国际特奥会主席蒂姆·施莱佛10月3日在接受新华社记者专访时表示，中国在推动特奥事业方面为世界做出了榜样。当记者问他怎样评价这次特奥会的开幕式时，他说，“开幕式令人叹为观止，场面非常壮观、宏大，完全超出了我的想象。全场观众与特奥运动员完美地融合在一起，让人震撼，也让我们领略到特奥精神之强大。”

国际特奥会董事奥斯·基尔肯尼说，本届特奥会的开幕式绝对是一场无与伦比的视觉盛宴，“我个人认为，只有1992年的巴塞罗那奥运会开幕式能和它相比”。

奥运会的开幕式一直为世界瞩目。从2004年雅典奥运会、2006年多哈亚运会到本届特奥会，开幕式都非常成功。英国BBC记者科纳根在观看了特奥会开幕式后表示，这给明年北京奥运会开幕式的策划出了难题。

开幕式艺术总顾问余秋雨用艺术的眼光和专业的角度对开幕式的演出给予了很高的评价，他说——

我非常佩服美国总导演和设计师们对现场表演空间的高度处理。体育场的大空间最容易变成一个大平面，就像小学生面对一场拼图游戏。这无可厚非，却总免不了团体操式的整体笨拙。按照审美心理学，人类的观赏兴趣不可能长时间弥散在一个庞大的空间中，如果不加分割，很快就会从惊叹、喝彩而走向空乏和疲倦。但是，如果分割，又容易造成整体画面的不平衡。

你行，我也行！中国特奥运动员在开幕式前打手势相互鼓励（新华社供稿）

美国总导演和总设计师是在今年三月份拿出“8”字型流线型表演空间设计的，记得当时一在大屏幕上映出，我们几个就鼓掌了。美国导演和设计师说，这是对我在去年七月份第一次构思会上批评“团体操式大块面色彩运动”的回答，但他们的“回答”是那么精彩，大大超出我们的预期。

这个“8”字型流线型表演空间的设计，大幅度减少了表演人员的投入量。“8”字型的流线之外，都坐着运动员和观众。但是，由于这种简约空间是快速流动的，丝毫没有让人觉得表演人员的欠缺。不仅如此，观众视线也有了流线的依托和对应，反而克服了面对大场面时左支右绌的劳累。这个聪明设计，使表演者和观众既省力又舒畅，大大增加了全场的活力。

在实际演出空间被大幅度省俭之后，背景空间却被极大地调动起来。除了在演出场地席地而坐的世界各国运动员之外，全场七万多名观众手上的小道具如手电、黄扇、绿绸、哨子等等，发挥了很大的作用。观众几乎没有经过任何训练，看到进场时

姚明、施德容和中国代表团入场

发的那些小道具就知道要做什么，演出时看到别人怎么做也就怎么做。结果大家看到了，整齐的效果让人叹为观止。

更大的背景空间是由灯光、夜空、云彩、烟火和八万人体育场那种不规则流逸上檐所组合成的“九霄幻景”。其中，灯光和烟火又达到了目前世界级的最高水准。

此外，还有大量如节奏的把握、色调的对比、细节的磨砺、整体的合成等等方面，都让我从这些国际艺术大家身上学到很多东西。一年零三个月的时间，我等于上了好几门丰厚的课程。

美国的这几位艺术家，充满艺术敏感又富于创造力，但为人谦虚、平静。既坚持一些基本的文化原则和艺术原则，又乐于随时修改，从善如流。在与他们的合作中，我对于全球化时代的民族文化、中华民族的文化复兴、文化理念的感性造型等等问题有了进一步深入的体验。因此，我这次做“志愿者”，自己很满意。

特奥会的官员看完这个开幕式后，对施德容说，和特奥会历届开幕式相比，前面从来没有这么成功过，后面可能也很难做出来了，它是空前绝后的。

施德容谦虚地说，说它空前成功也许是的，但未来的事情谁也难以预测，所以没法说它是绝后的。

那位官员说，因为在特奥会以后的申办国里面，是不是还有国家有这么大的承诺去把开幕式做得这么好，我们特奥会心里也没有底。下一届冬季特奥会是在美国的爱达华州，夏季特奥会在雅典，他们是不是愿意花上海这么大的力气去做还不知道。这的确需要政府作很大的承诺才行。任何一个政府去承办的话，他都得有一个保底，那就是如果筹不到这么多钱，政府就得买单。国际奥委会其实也是这么做的。还有就是，这个国家要很注重智障人事业的发展，才会去做这件事情。

2009年冬季特奥会组委会主席吉姆·格罗斯曼是美国一位成功的房产商，可称见多识广，但这次还是被上海特奥会开幕式深深震撼了。

"啊——"一提到开幕式，他和身边的克里克·格罗根一起赞叹起来。克里克是夏季特奥会和冬季特奥会的双料运动明星，也是明年冬季特奥会组委会委员，谈到在现场目睹开幕式盛况时他赞不绝口："太华丽了、太壮观了，简直难以用语言来描述……"

中国澳门代表团入场（新华社供稿）

少年儿童手持彩色气球涌入特奥会开幕式现场（新华社供稿）

身着民族服装的巴拿马代表团成员入场(新华社供稿)

“天哪，你把我想讲的话都讲了，我还能说什么？”吉姆风趣地说。他很快主导了话题：“我有个好朋友，从1972年起参加了5届夏季奥运会，他说他现场看到的开幕式没有能超过这次上海特奥会开幕式的，而我看历届奥运会、特奥会开幕式中大概只有2004年雅典奥运会的开幕式能与之媲美！”他甚至替北京奥运会担忧起来：“这么美好的创意会不会对明年北京奥运会开幕式的设计者们带来压力？我想，第二天早上他们肯定会有一丝沮丧之情，因为我相信肯定会有一部分创意该被淘汰了……”

作为特奥的参与者，吉姆先生接着从更深的层次表达了自己的理解：“特奥运动的最高追求是心灵、精神和纯洁，而上海这届特奥会将这些追求升华了，这对上海、对中国无疑是巨大的荣耀，

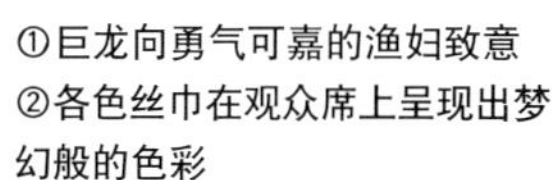

①巨龙向勇气可嘉的渔妇致意
②各色丝巾在观众席上呈现出梦幻般的色彩

巨大的帆船行驶在蓝色的海洋里

太出色了！明年的冬季特奥会规模要比夏季特奥会小很多，只设7个项目，但上海的成功肯定会刺激我们为明年更好地努力工作，我希望在这方面能增加同中国的合作！”

中方联名总导演张晓海说：“我们和唐·米歇尔的外方创作团队一起创造了一出世界上最好的开幕式，通过电视转播让全世界人看到了当今的中国，将真正的中国艺术展现给了他们，并告诉他们，我们在享受幸福的时光。”

但作为当事人，施德容觉得它真正的意义是很好地宣传了特奥运动，把这一运动提高到了一个新的层面，这一运动在美国早就普及了，欧洲也做得很好，通过这个开幕式，对特奥的理念在亚洲和其他国家，特别是经济不发达的国家的普及起到了很大的作用，产生了深远的影响。

就运动本身来说，这种规模、这种品质把特奥会跟奥运会从原来的不可比性提高到了一个可比的层次。上海特奥会第一次宣示，它也可以做出和奥运会一样的影响来。它所揭示的人文的东西也不比奥运会差。

最重要的是，中国对特奥运动的推广得到了国际特奥会和举世的认同。这是无可争议的事实。

对制作这个开幕式的核心人物之一顾抒航个人来说，她觉得有很大的成就感。“我觉得我在里面还起了一定的作用，我很高兴。到我很老很老的时候，我回想起来，还是会为它感到自豪的。我为所有和我合作过的人感到自豪。这是最直接的感受。”

唐·米歇尔回到美国后，发现“西方媒体的评论是相当令人惊奇的。许多人在美国看了这个表演并作了评论”。唐·米歇尔说：“我曾有很多次因为不确定而放弃了很多项目。但对于特奥会开幕式这个项目——在那晚，从第一束焰火燃起开始直到今天，它的成功是毫无疑问的，我们也对促进并支持这个项目成功的中国领导们感到万分的喜悦。当你用了很多年在一件没有人可以保证是否能够成功或者会得到好评的事情上付出这么多的努力，当它最终获得了成功，你就会为能成为其中的一员而感到骄傲。”

中国的《瞭望》周刊报道说，上海特奥会“以温情的模式，把上海特奥会定格在全世界的记忆中”，“世界通过特奥会认识了一个人文中国，他们期待一个人文的北京奥运；中国通过特奥会，也完成了一次人文教育，习惯了‘更快、更高、更强’的奥运理念的人们，接受了体育运动的另一内涵：体育也是展示弱者风采、彰显人文关怀的舞台”。

不少代表团嘉宾告别中国时，都流露出了这样的心声：“通过特奥会，我们对北京奥运会成功举办更有信心了。”爱尔兰司法、平等及法律改革部国务部长肖恩·鲍

中国台北队入场（新华社供稿）

尔说，经济腾飞的同时，中国的人文教育与精神文明同样取得了令人瞩目的成绩；国际特奥会主席蒂姆·施莱佛热情洋溢地说："如果有谁质疑人性之美，请他来到上海"；德国广播协会的记者阿斯翠弗莱亚森表示："如果明年奥运会也是这样的举办水平，那就肯定会成功！"作为奥运三大系列赛事之一，特奥会在北京奥运会即将举办之前来到中国，其意义更是不同凡响。

三、开幕式让人们重新看待这个世界

这天是10月3日，开幕式一结束之后，唐·米歇尔和他的制作人已连续工作了48个小时，要把这个开幕式剪辑成2个小时的美国版本，在美国的电视台播放，当天早上4点钟，他们刚刚完成美国版的剪辑工作，并且用卫星传回洛杉矶。他们参加新闻发布会之际，那个版本马上就要在美国播出。唐只睡了两个小时，就起来收拾行李。因为太累了，看上去他的精神状态也不太好。

早上，上海市委领导邀请唐共进早餐，由于这次特奥会开幕式非常成功，进餐过程中，市委领导与他的谈话是欲罢不能。一方面都知道记者在特奥会新闻中心等着；

另一方面，他的飞机的时间又限在那里，所以时间很匆忙。但他还是答应在离开之际，接受记者的采访。以下是唐·米歇尔接受采访时所谈的内容：

特奥会开幕式就是要把人的激情和感情放进去，把每一个人心里最能升华的东西提炼出来。通过特奥会的开幕式，让全世界的人有一个机会去真正了解智障人群在今天社会中的地位和生活。对能把一个成功的开幕式呈现给全世界的观众，每个演职人员都感到非常欣慰。唐说，这次开幕式把一个很好的信息带给了世界的观众，让所有人——无论是中国人还是世界其他国家的观众对智障人士的观念有了一个彻底的改变。他首先感谢中国及其和他一起工作的团队，包括舞美设计师、服装设计师、音乐总监，所有的舞蹈编导和舞蹈总监，还有中国所有支持他的工作人员，是他们使这个开幕式得以成功呈现。

唐首先谈到了这些智障演员，他说这些智障演员给他留下了非常深刻的印象。如果说这次开幕式是非常成功的话，那么他觉得最成功的就是他们的表现。整个开幕式都是围绕他们来进行的，他们是整个演出的重中之重。虽然这次开幕式有非常多的著名的演艺界的明星来参与，包括一些体育明星，但他们最终都是来衬托这些智障演员

中国香港代表团入场（新华社供稿）

特奥会盛大欢庆场面

的。无论是鼓手高鹏，还是渔妇藤春云，还有最后唱歌的歌手，还有在郎朗表演《赛马》的时候，台上那些小智障演员，所有的智障演员在整个开幕式的表现都非常杰出。如果上海特奥会开幕式能为世界留下什么印象的话，这一部分无疑是最重要的。

唐透露，这些智障演员主要是在北京、上海挑选的，还有其他中国城市的智障人。经过长期挑选，再从100多人中挑选了参加演出的这些智障演员。每个角色都有两人作为候选人，应该说一个是A角，一个是B角。因为在演出过程中总会发生各种各样的情况，因此唐准备了两个人来承担这一角色。他们也经历了一个非常长的排练过程，在排练的时候，总是先让A角来一次，再让B角来一次，轮流进行，所以AB角在表演能力上基本是一样的。

唐还特意提醒大家，这些智障演员并不是在表演，而只是在表现自己的一个真实的角色。其他人可能是作为演员来出现的，但智障演员在整个过程里面就是把他们的生活体现出来，演职人员并没有刻意地要他们去表演或者装扮什么。

他感觉到，智障人员的故事以及精神被传达了。他说："我很为我们那些智障演员感到骄傲。他们才是开幕式真正的明星。是他们自己讲述了这些故事。而且他们并不是作为演员做演出，我指的是他们来开幕式并没有做任何的表演，而是真正地在表

开幕式表演

爱尔兰代表团入场（新华社供稿）

现他们的经历。当我们每次做这些艺术性的篇章的时候，这些智障演员都在经历。就如我们需要通过几个篇章来传达一些非常的价值观。以其中一个被称作为‘技能’的篇章为例，我们在其中创造了很多障碍，并要求让两位智障运动员分别从体育场的两端攀爬越过这些被安排在坡道上的障碍。最终他们来到了内场的中央，并爬上了中央升起的烽火台——长城的概念性创意。这些运动员并非在表演或者假装他们在挣扎奋斗，事实上他们确实是在挣扎着，并向世人展示了他们的力量和毅力。

“在每次的排练中，我们都无法知晓他们是否可以完成整个的过程。很多次他们都爬不完，很多次他们都无法攀越到烽火塔来庆贺他们的成功。事实上，由于我们无法知道他们到底需要多长时间来攻克这些障碍以及攀登上内场中心的烽火塔，我们不得不准备了额外的音乐。因为有的时候他们3分半到4分钟就爬完了，有时他们要花上6到7分钟，也有些时候要花掉8到9分钟。每次他们完成攀登这些障碍的时候，他们就是在重新挣扎并再次经历这一过程。作为导演，也没有说他们一定要把这个完成，但他们完成得很好，他们总比常人感觉的有更大的可能性。但为了防止出现意外，在这一章中，制作人的音乐做了很多个备份，录了很长时间的音乐。如果他们在攀登的过程摔下来的话，导播人员就会告诉这些演员，如果你摔下来，你就爬上去继续把它爬完，无论多长时间，我们都会等你。如果那样，现场的音乐就会不断的回放，直到

特奥会会旗在开幕式上升起（新华社供稿）

他爬完为止，所以整个节目时间是3个小时，还是3小时10分钟，并没有定死，这就是要让他们完成这部分演出。

“当他们最终完成登高的时候，也就是在开幕式当晚他们真的成功地攀登到了烽火塔顶，我们在顶楼的控制室里为此着实庆祝了一番。因为我们真的没想到他们那么顺利地完成了一切障碍并达到了顶峰，我们很为他们骄傲。渔妇，给马友友以及郎朗伴舞的孩子们，就是《赛马》的那一段，所有的这些年轻人在一遍又一遍的排练中以及那晚的演出中向我们展示了这些，他们教育了我们。”

中外双方创作团队的磨合这个问题不仅仅是在这次开幕式上会碰到。任何开幕式都有这个非常关键的问题，那就是要通过什么样的方式把当地的文化和风俗展现给世界的观众。整个创意的时间长达9个月时间，在这9个月时间里，中外双方的人对对方都发起了挑战。那就是什么是我们最合适的、最成功的可以展现给观众的东西。这种争论是难免的，也是很正常的。在这个沉淀的过程当中，就会有一个很好的大家都同意的创意问世。其实这个创意的过程中最重要的问题是制作方要让哪一类观众满意？因为开幕式的观众是一个非常大的人群。大家是要让上海的观众满意，要让中国的观众满意，除此之外，还有全世界其他的观众，他们想看到的，或者是制作方要让他们看到的是什么。这是一个比较关键的问题。

唐所说的全世界观众就包括非洲的观众、南美的观众、欧洲的观众、美国的观众，在他们的愿望里面，他们希望通过这个开幕式来更深地了解中国。唐要使用让他们感觉到是代表中国的符号。对于这些观众，他们能看懂的就是京剧演员的脸谱、鼓、长城、灯笼、牌坊、太极啊等等，这些东西他们一看就会有地域的概念，他们一看也就知道是中国文化。但中国的创意团队就告诉他，说这对我们中国人来说，已有极大的视觉和审美疲劳，我们不再想看到这些东西了，你要给我们一些新的东西。这是创意之初大家争执不休的一些话题。

举一个例子说长城，从第一天开始唐就认为这个开幕式里面一定要有长城，但通过什么手法来表现是大家举棋不定的问题。但大家非常明确的一点是，不能造一个长城、或一个烽火台在这个舞台上，因为大家都认为那是没有什么风格和创意的。所以大家在考虑通过什么手法来表现长城，在舞台上来呈现一个长城。最后确定是通过武术演员用人体造型来呈现一个长城。这个创意来自一年半以前，唐和施德容博士讨论这个创意的时候提到了智障人，施德容当时讲了一句话，说中国有一句古话叫“不到长城非好汉”，让智障人爬这个“长城”。这对于特奥运动员展示他们的勇气，是一个非常好的表现方式。这就是唐为什么最后决定用两个智障的演员登上人体造型的长城的原因。这体现了智障人的勇气，体现了中国这句古谚的精神，也把长城的雄伟展现给了现场和电视机前的观众。这个例子也就足以说明这个创意的过程是怎么来发展的。那就是先有一些初步的想法，然后慢慢完善，再通过各种新颖的表现方式来呈现，最后拿给所有的创意人员讨论、确定。

在谈到北京奥运会和张艺谋先生时，唐说，2008 年奥运会有一个非常强的团队，他们这个团队应该是中国最好的2008奥运会开幕式的团队。张艺谋先生也是一个非常有成就、很有创意的导演，我不认为张还需要我们任何的帮助，他能把这个开幕式做得非常好。

北京奥组委的部分人员和张艺谋先生 10 月 2 日也在现场看了特奥会开幕式的演出。对于任何制作和创意人员来说，相互学习和切磋都是很重要的一步，唐对奥组委来看特奥会开幕式非常欢迎，当时唐就表示他们有什么问题唐和他的团队都非常乐意回答，因为这种类型的开幕式是非常复杂的，关注的人很多、演员很多、遇到的挑战也很多。他对北京奥运会开幕式团队作了充分的肯定，说那个团队肯定是世界一流的，他们一定会奉献给大家一个非常成功、非常精彩的开幕式。

另外值得一提的是，奥运会和特奥会其实是非常不一样的。奥运会追求的是一个卓越的成绩，是每一个国家得了多少金牌和银牌的成绩；但特奥会追求的不是一个国家要去获得多少金牌，而是要展示个人的成绩。特奥所要传达的信息是一个个人和一个智障人他们怎么克服生活中的困难去取得更大的成就，所以，通过开幕式来表现特奥会和奥运会的方式是不同的，要达到的效果也是不一样的。

图为特奥会大使成龙在开幕式上（新华社供稿）

特奥运动员高举特奥会
会旗入场（新华社供稿）

姚明与特奥运动员普朗凯特在开幕式

①精彩的太极拳表演
②70岁太极老人在竹丛间表演

开幕式上的武术表演

唐在运用这些中国的符号时，也不是简单地把它们表现出来，它是根据中外创意和创作团队共同努力、紧密合作的结果。团队中的音乐总监、服装设计师、舞美总监、舞美设计师和舞蹈编导对哪一些中国符号通过哪一些方式来呈现以获得精彩的效果，提出了非常多的意见。

作为总导演，唐在初期对中国的文化要做很多的调研，但唐认为，即便是这样的调研也不会像跟这些合作者一起去交流更有效。像这种类型的开幕式对一个外国导演来讲，在他们眼里，无论是在中国做，还是在美国以外的地方做，最坏的选择就是去找一个制作公司，去找一个外国的团队，他们闭门造车地去弄一个开幕式出来，把他们认为对的东西去展示给观众，这是最不成功的一种做法。要从他们不熟悉的文化，尤其是中国这样一个古老的国家，有五千年文明历史的国家，去挑其中最有代表性的文化符号展现给观众的话，一定要尊重当地的风土人情，尊重当地的观众，还要尊重当地艺术家对这些符号的理解。然后在这个基础上，通过非常优秀的、有震撼力的音乐去把它体现出来。

在中国元素中唐最喜欢的是音乐的部分，音乐给大家留下了深刻的印象，它饱含感情，非常有震撼力。唐以前和谭盾、马友友先生合作过很多次，这次跟中国的团队，包括音乐总监刘彤一起合作这个音乐，让他感觉非常愉快。通过这个音乐，这个全世界的人都能懂的语言与世界作了一次非常好的沟通。唐对宋立女士的服装设计评价非常高，他说，这次的服装真的很美，非常漂亮，而且跟我们开幕式要表达的主题非常相符。他已找不到任何语言来表达对宋立女士的钦佩；对舞美设计严文龙先生，唐评价说，所有的人——无论是我们的观众，还是美国娱乐行业的人看了这个舞美设计之后都觉得是任何一个开幕式上都没有见过的、突破常规的舞美设计。

唐在我后来的采访中透露说："我感觉在一开始，我就很愿意加入到这个活动中，因为我早就知道中国所作的投入是史无前例的。对于将来的特奥会开幕式来说，一切将会非常艰巨，因为很难继续遵循此次开幕式的投入去做。此次所作的投入并非只是关于创意以及活动大小级别的方面，也有关于财政方面的投入。此次中国向特奥会作出的财政投入是比较大的。我希望这些投入最终会让上海以及中国的领导认为是值得的。"

开幕式的目的就是为了改变人们的观念，唐说，我认为观看过这次开幕式的人，很多人会改变他们的观念，重新睁开他们的眼睛，来看待这个世界上、这个地球上生存的每一个人。

热情的中外观众（新华社供稿）

郎朗和父亲在演奏中国乐曲《赛马》（新华社供稿）

①即使运动员入场也有花一样的美丽
②中国观众热烈欢迎各国运动员

第二章

特奥运动是人道的事业

一、爱心、勇敢和希望的事业

美国已故总统肯尼迪很受美国人尊敬，他当年带着战后新生代的希望走上历史舞台，他在就职演说中定义了他的理想世界：A new world of law—where the strong are just，and the weak secure，and the peace preserved。在肯尼迪看来，对强者和弱者的要求是不一样的。强者公正，弱者感到安全，这样和平才能长久。

从充满传奇的肯尼迪家族走出了总统、司法部长、参议员等诸多重量级人物，可谓名人辈出。但在这些显赫一时的名人身后，罗斯玛丽·肯尼迪——总统约翰·肯尼迪的大妹妹，却是一位智障人士，终生都在一家专为智障人士而设的医院度过，直到2005年86岁时去世。正是她的际遇，在某种程度上直接促成了特奥的诞生。

姐姐罗斯玛丽的遭遇深深刺痛了妹妹尤尼斯·肯尼迪·施莱佛（Eunice Kennedy Shriver）。尤尼斯是美国前驻法大使施莱佛的夫人，她是肯尼迪夫妇九个儿女中的第五个孩子，出生在马塞诸塞州的布鲁克来市，毕业于加利福尼亚的斯坦福大学，并获社会学科学学位。毕业后，她以不同的身份在社会工作的各种领域为美国政府工作。自1957年接管肯尼迪基金会之后，便致力于为智障人士谋求尊严和快乐的权利。在她的领导下，该基金在医学研究、公众教育等方面作出了突出成就，她的工作得到国际上认可，曾获美国最高荣誉"总统自由勋章"。1968年，她创立特奥运动，一直负责国际特奥总部的工作，至今还担任特奥会名誉主席。

1962年6月，尤尼斯·肯尼迪·施莱佛女士开始为一些智障儿童和成年人在她的家乡马里兰州举办夏季露营活动，通过各种体育活动和身体锻炼开发他们的潜能。她看到他们在体育和体能活动上的能力远远超出了许多人的想象，由此产生了组织运动会的想法。1968年7月20日，首届国际特殊奥运会在芝加哥士兵广场举办，来自美国26个州和加拿大的1000多名运动员参加了田径、游泳、曲棍球的比赛。

2006年11月10日，尤尼斯在参加由上海市政府、国际特奥会、中国常驻联合国代

尤尼斯·肯尼迪·施莱佛（Eunice Kennedy Shriver）

表团、联合国体育促进发展与和平纽约办公室举办的一场题为“特奥运动与社会和谐发展”的论坛时，追忆了当时的情景，她说：“我记得在我哥哥当选六个星期以后，我打电话给他，告诉他国会通过的一项有关健康的报告没有包括智障人士的内容，他说，这太不应该了。我问他想不想成立一个处理智障人问题的专门小组。他告诉我他下周将前往德国访问，但会在回国后的第一个星期就做这件事情。”

1968年12月，国际特奥会作为非盈利的慈善组织在美国哥伦比亚特区成立。美国智障人协会、特殊儿童委员会、美国精神障碍协会都大力支持这种首创的秉承奥运传统和精神的为全世界智障儿童及成年人提供的体育训练和比赛。从此，罗斯玛丽的名字和特奥紧紧连在一起，从而改变了全球成千上万智障人士的命运。

1986年9月，纽约联合国总部发起的国际特奥年在1987年的国际夏季特殊奥运会上达到高峰，当时的口号是“特奥——联结全世界”。1988年2月，国际奥委会签署历史性协议，正式承认并接纳世界特奥会。

在此之前，世界夏季特奥会一直在美国本土举行，直到2003年，它才移师爱尔兰首都都柏林举行。这是当年全世界最大的体育盛事，有来自150个国家的7000名运动员参加。

至今，尤尼斯·肯尼迪·施莱佛已在美国的50个州以及华盛顿哥伦比亚特区、关岛、维尔京群岛以及美洲萨摩亚等地区建立了特奥组织，有近25000个社区开展特奥活动。在全世界已有超过170个国家和地区成立了特奥组织。已有数百万名智障儿童和成人参加了特奥运动会。

特奥在全球已受到很多政府和国际机构负责人的重视。中华人民共和国主席胡锦涛曾经说过："残疾人有人的尊严和权利，有参与社会生活的愿望和能力，是建设中国特色社会主义事业的一支重要力量。"美国前总统比尔·克林顿认为："特奥运动员们的骄人成绩对我们是一个激励，这提醒着我们，每一个人都有着足够的能力为我们的社会作出贡献。"世界银行行长詹姆斯·沃尔芬森说："赋予社会每个成员权利，对于发挥社会的最大功效至关重要，而特奥运动就是旨在认同并鼓励智障这一社会特殊群体。"国际特奥会主席蒂姆·施莱佛号召人们："支持特奥就是支持改变世界对特奥人员的观念，关爱、接受和尊重特奥人员。特奥运动是人道的事业，它向世人宣示，不管你是否有缺陷，你的人格和尊严都应同样受到尊重。"中国残联主席邓朴方在"快来参加特奥"活动上的讲话中充满诗意地阐释道：

特奥运动是爱心的事业，它把相互关爱和帮助给了最重要的人。

特奥运动是勇敢的事业，它告诉遭遇困难的人，你要有信心，你不是不能，你一定能。

特奥运动是希望的事业，它使我们感到，真善美就在人们的心里，当我们每一个人把它充分展现时，世界将会多么美好。

特奥运动是个大家庭，它使弱智人士走出小家庭，走进大家庭，融入社会，走向未来。

二、特奥在中国

残疾人是社会中的弱势群体，而智力残疾人又是这个弱势群体中最困难的一部分。他们和他们的家庭囿于社会原因，往往受到漠视和排斥，承受着巨大的心理压力。全球有1.7亿多名智障人士，约占人类总数的3%。

特奥运动就是专门为智力残疾人设立的体育运动，是"特殊奥林匹克运动"的简称，是8岁以上智障人士在正常人组织、引导下，力所能及参加的体育运动。它基于人道主义，通过各种努力，开展一系列竞赛的和非竞赛的活动项目，改善智力残疾人的身体机能和生存状况，提高他们的生活质量；同时积极致力于人们对智障人士的认可，让漠视与排斥变为包容与支持，使他们融入社会，感受关爱，获得快乐；也使他们的家庭得到一定程度的解脱，减轻社会负担。

特奥是一种充满活力、健康、技巧和快乐，并备受欢迎的体验。目前，全球的特奥运动员已达225万人。

特奥会的口号是“勇敢尝试，争取胜利！”它的精神是“技能、勇气、分享，以及超越国家、政治、性别、年龄、种族、宗教的界限带来的快乐”。

通过参加特奥运动，智障人可以增强身体机能、动作技能、自尊、自信，培养友谊以及得到家庭成员的支持。特奥运动员将这些益处带入他们的日常生活、工作、学习和社区活动中。家庭成员可以变得更加亲密，社区志愿者可以和运动员成为好朋友，每个人都可以看到智障人的价值。

国际特奥会以奥林匹克的内涵和传统为典范，每两年举办一届世界特殊奥运会，夏季和冬季交替举行。从1968年到2007年为止，国际特奥会共举办了12届夏季、7届冬季特奥会。

国际特奥会是全球特奥运动的管理机构，总部设在美国华盛顿特区，设8个部门，有80多名工作人员，负责管理和指导世界性的特奥活动，监督国际及各国的特奥运动会及教练员培训的组织工作，并为重要的发展计划、国际会议及培训班提供支持和帮助。同时，国际特奥会还设有区域领导者议会、国际顾问委员会、项目规则委员会等，采纳个人和团体反馈的有益建议，不断发展和完善其章程和项目规则。

特殊奥林匹克运动与国际奥林匹克运动和残疾人奥林匹克运动不同。首先是参与对象不同，参加特奥会的是智商在70以下的弱智人；其次是运动和运动会的目的不同，特奥会强调的不是竞技和竞争，而是参与。特奥会的鲜明口号是“人人都是参与者，人人都是胜利者”，“重在参与，参与就是胜利”；特奥会的比赛规则也具有特殊性，它充分体现平等参与、按能力分组比赛的原则。参加每项比赛的弱智人运动员，都要按照年龄、性别及运动能力分组，把同性别、年龄相近及运动水平相当的选手，分在同一个组。这样，参加每个项目或每个小项比赛的可能有好几个组；特奥会获奖和发奖办法也很特殊。参加同一个项目比赛的每个组，前一、二、三名都能分获金、银、铜牌，第四名以后的选手将分别获名次绶带奖励。发奖不是先发金牌，而是先从最后一名发起，从后向前，最后发金牌奖，以体现人人都是参与者，人人都是胜利者以及参与就是胜利的原则。

特奥在中国并不是一个陌生的名词。早在1985年，前国际特奥会主席沙尔根特·施莱佛（Sargent Shriver）造访中国后，中国的特奥事业从此就拉开了帷幕，中国弱智人体育协会宣告成立，并于同年7月成为国际特奥会的一员，中国1300万智障人士

一位智障孩子送给王康宏的画

从此与特奥结缘。

1987年，深圳举办了首届全国特奥运动会，当时只有13支代表队、304名运动员参加比赛，只有田径、乒乓球、足球三个比赛项目，到2002年，西安举办第三届全国特奥会的时候，已有35个代表团、1065名运动员参加比赛。特奥运动在中国取得了长足的发展。

随着特奥运动在中国遍地开花，中国特奥运动已成为国际特奥运动的重要组成部分。在全国，特奥会拥有10个全国培训中心、30个省级培训基地及100个培训点。到2005年，参加特奥运动的智力残疾人已由5万增加到了50万，全国已建立了5000个社区特奥运动中心，中国人在感受经济发展的同时，也感受到人文、人道在中国的深厚影响。

特奥运动在二十年间改变了中国人对于特奥运动的理解和意识，在中华大地上掀起了人文、人本、人道、人性的特奥运动风潮。与此同时，中国积极参与国际特奥赛事，组团参加了1987年以来的历届夏季和冬季特奥会。

2004年3月，特奥会创始人尤尼斯·肯尼迪·施莱佛和特奥会主席兼首席执行官蒂姆·施莱佛宣布上海赢得2007世界夏季特奥运动会的举办权，并在上海市举行签约仪式。国际特殊奥林匹克运动会移师上海，在这座全球最受瞩目的城市之一开始了新一轮的特奥浪潮，带给了中国1300万智障人士及全国13亿人民一场超越理想的盛会。

上海作为新崛起的国际大都市，作为亚洲特奥运动的领跑者，在1986年4月就成立了上海弱智人体育协会，后更名为上海特奥运动委员会。1986年起，上海每隔3年举办一届综合性特奥运动会，至今已历6届。1996年11月，上海成功承办了首届亚太地区特奥会；2000年5月，又成功举办了“中国特奥世纪行——上海段”活动；2001年11月，再次成功承办了亚太地区特奥乒乓球比赛。特奥运动员由原来的数百名发展到了目前的5万多名。

中国政府对于特奥事业所作出的承诺和给予的支持，在特奥历史上是前所未有的。

1996年，江泽民主席、李鹏总理分别为上海承办的第一届亚洲及太平洋地区特殊奥运会题词；2000年，江泽民主席会见国际特奥会代表团；2002年，朱镕基总理签署同意上海申办2007年第十二届世界夏季特殊奥运会的文件。

2004年3月2日，胡锦涛主席会见国际特奥会代表团，并对办好特殊奥运会、发展特奥事业和残疾人事业等作出重要指示。他指出：“无论是残疾人事业，还是特奥运动，都是促进人的全面发展的重要事业。……在特殊奥运会、奥运会和残奥会三项赛事中，上海的特殊奥运会开在最前面，希望有一个很好的开头。”

2006年11月10日，上海市政府、国际特奥会、中国常驻联合国代表团、联合国体育促进发展与和平纽约办公室在联合国举行了一场题为“特奥运动与社会和谐发展”的论坛。中国常驻联合国代表王光亚大使表示，上海特奥会必将进一步推动中国和世界特奥运动以及残疾人人权保障事业的发展。为了配合上海特奥会在联合国的推广活动，上海代表团在联合国大厦内还举办了一个为期一周的图片展。联合国秘书长安南出席了图片展的揭幕仪式并发表讲话。他指出：“联合国积极倡导所有人共同享有普遍人权的宗旨，而特奥会在反对歧视、促进社会和谐方面正发挥着积极作用。”他接着说：“再过几个星期，联大预计将通过一项具有历史意义的保护和促进残疾人权利与尊严的公约。我衷心希望，这一公约将标志着一个新时代的开始，即残疾人将同其他所有人一样享有同等的权利和机会。”

著名影星章子怡作为特奥会全球亲善大使也参加了图片展的揭幕仪式。她用中、英两种语言，向在场的嘉宾和媒体记者发出了支持特奥、关注智障人士的呼吁。她说：“我真心地希望和特奥运动一起，在全球范围内努力消除偏见。在这个新的世界里，我们可以欣赏差异，为多样喝彩。我希望帮助大家认识到，我们每个人都有存在的意义和价值，在每个人都伸出爱心之手的时候，这个世界将会更加美好。”

三、施德容的特奥缘

对于上海特奥运动的发展来说，2007年世界夏季特殊奥林匹克运动会开幕式总制作人施德容是功不可没的。他与特奥结缘已有16年之久。

1992年，施德容由上海卢湾区委副书记调任上海市民政局副局长。当时，局里下设有盲人、聋哑人、智障人体育协会。智障人开运动会，谁都不愿管，所以，智障人体育协会当时非常不起眼，施德容刚到民政局，就兼任了智障人体育协会的会长，后来改为上海市特奥会，他担任主席。

虽然国际上当时每四年都会开一次夏季特奥会，但一开始上海对这方面的事情并不是太懂。当时，人们对弱智人还存在很大的偏见，所以，开始的时候，施德容只能在辅读学校、儿童福利院开几个小小的运动会。

施德容担任上海特奥会主席后，开始接触国际特奥会的人士和特奥运动员。在这个过程中，他慢慢理解了这是个什么样的运动，也理解了智障人。其实，除了一些智商很低很低的智障人——其他智障人都是有思想的，他们对自己在社会上受到的歧视很敏感，这导致了他们本来就很脆弱的情感变得更加脆弱，本来就很封闭的世界变得更加封闭。

然后，施德容就积极地参加了很多有关智障人的活动。1995年，他到美国纽黑文参加了第九届世界特奥会，当时有143个国家和地区参加，到会的运动员有7000多人，美国总统克林顿宣布运动会开幕。体育场内数万人狂欢达数小时之久，气氛十分热烈，这给了他很大的震动。同时，美国大批志愿者的表现给他留下的印象尤其深刻。

施德容1993年到1994年在美国加利福利亚州立大学学习行政管理课程，在美国生活了半年时间，可以比较方便地接触美国社会底层的民众。他就问志愿者是从哪里来的。他们告诉他，当时的志愿者是登报招聘的，一种是8美元一个小时，是有较少收入的；另外一种是没有钱，完全出于自愿的。他们自带干粮，戴着草帽，穿着志愿者的衣服，到吃饭的时候就自己去吃饭。几乎每个志愿者都是很愉快、很愿意来做这件事的，大多数人都选择不要那8美元。所以施德容很感动，也很震撼。

1995年下半年，施德容出任上海市民政局局长。美国对弱势群体的关心，加之志愿者从心底里关注弱智人，使他看到了中国当时和他们的差距。那时，不要说普通人不能很好地认识、理解、帮助弱智人，就是他自己当时为弱智人做的工作也都是附带的。所以，他决心在自己的职责和能力范围内为改变这种现状尽一份力。

施德容是一个做任何事都会想尽一切办法去做好的人。当时亚太地区特奥会的官员常到上海来访问，1994 年，他们来上海访问时，谈起其他地区都在开特奥会，只有亚太地区因为还没有获得任何一个国家的政府支持，一直都没有开成。

施德容听后就说，这么大一个亚太地区，人口这么多，需要关注的智障人也很多，至今没有开成运动会，的确非常遗憾。这样吧，就在上海开好了，由我们来主办亚太地区第一届特殊奥林匹克运动会。

特奥会官员听后，非常吃惊，不相信地问他，施德容先生，你说的是真的还是假的？

施德容笑着说，中国有一句古话，君子一言，驷马难追。

他们还是有些怀疑，说，这需要政府的支持才行。

施德容自信地说，这是为改善亚太地区智障人的生存状况而做的事情，可以营造和谐友善的人类生存环境，弘扬人道主义，促进人的全面发展和社会文明进步。我相信中国政府会支持的，你们也要相信中国政府是开明的。

特奥会的官员非常激动。他们很快就把这个消息向特奥会总部做了汇报。国际特奥会当时也计划在中国推动特奥运动的发展，但一直没有机缘。所以，如果上海承办第一届亚太地区特奥会，对世界特奥运动的发展都有十分重大的意义，所以国际特奥会当年就确定，同意 1996 年 11 月在上海举办第一届亚太地区特奥会。

虽然那届亚太特奥会只筹备了三个多月时间，但开得非常成功。这是因为中国的国家体制决定了政府是强而有力的，所以，只要政府决定要做的事情，就会有效地动员各种力量，齐心协力来把它做好。

当时，施德容最主要的一条经验是，举办这类活动一定要全社会来参与，这一经验现在已被不断发扬光大。比如说，当时有 17 个国家加上 29 个省、直辖市和自治区，共有 40 多个代表队、1200 多人参加，没有集中住宿，而是分到四五个区里，区里又分到街道来接待。过去体育比赛都是集中住宿，比如亚运会就住亚运村。分散住宿在中国体育史上还是首次。开始特奥会还不同意，施德容坚持说服他们。因为他当时没有能力把运动员集中到一起住宿，只有分散到各个区的民政局，让他们解决。他还有一个更重要的目的，就是发动各个社区和街道，让民众能够近距离地接触、了解智障人，以宣传特奥会的理念。

最后，这个做法非常成功。当时，开幕式由上海东方电视台制作，闭幕式由文化局负责，运动员接待由每个区来做，比赛项目是体育局来管，各省及中央部委领导则出各对口的职能委办局来接待，驻华大使由市外事办公室来接待，施德容任总指挥，负责接待国际特奥会的官员。他很轻松，主要就是去检查督导。

国际特奥会的官员当时感到有许多很难办的事情，但在施德容那里都能很快、很好地解决，所以他们见了他就有句口头禅：no problem（没问题）。

事实证明也是如此。其实是政府和全社会都重视了，所以再难办的事情，都变得简单了。

国际特奥会对第一届亚太特奥会的成功举办感到非常惊讶。开、闭幕式和赛事组织都很成功。他们参观了上海的辅读学校，评价也很高，蒂姆·施莱佛对中国的社会福利政策予以肯定。

施德容从亚太特奥会的成功举办中，得出了很多经验，最主要的一条，就是特奥会要靠全社会来办。他当时就发动了近万名志愿者，这在中国也是很早的。很多志愿者也给特奥会留下了深刻的印象。他们说，如果上海以后搞这类活动，肯定成功，在上

施德容博士

海不可能有办不成的事情。

从那以后，国际特奥会官员经常到上海访问，国际特奥会的董事会也在上海开，亚太特奥会的很多赛事也在这里举行，这为上海申办2007年世界特奥会打下了很好的基础。

四、申办特奥会

1999年国际特奥会召开董事会，中国残疾人联合会主席邓朴方，民政部副部长、中国特奥会主席阎明复和上海特奥会主席施德容都去参加。在这次会上提出要大力发展中国的特奥运动。当时中国只有5万名特奥运动员。阎明复表示，从1999年开始，在5年内把中国的特奥运动员发展到50万人；施德容说，上海的目标是在五年内，从当时的1万名特奥运动员发展到5万名。

在那次会上，亚太地区特奥会主席容德根就向阎明复提出，国际特奥会能不能到我们亚洲来开一次，上海能不能举办2007年第十二届国际特奥会。

阎明复当时没有表态。因为这需要中国残疾人联合会和上海市政府两方都同意才行。

事后协商，中残联没有表态，中残联不表态，上海市政府也没法作决定。

邓朴方先生事后说，中残联之所以当时没有表态，是因为竞标的时候中残联有一部分人不同意，因为2001年北京要竞标2008年奥运会，奥运会如果竞标成功，还有残疾人奥运会，这是中残联管的，怕没有精力。

当时因为不知道北京奥运会能否竞标成功，所以中残联就一直没有表态。一直到2001年7月13日奥运竞标成功后，邓朴方说，既然上海有承办特奥会的积极性，就交给他们去做。当时有一个司长打电话给施德容，说中残联马上要讨论上海申办2007年世界特奥会的事情，你们市政府是否同意。他是担心如果中残联同意了，上海市政府又不同意怎么办？

施德容说，上海市政府主要在等中残联的意见，你就对中残联说，上海市政府是支持的。中残联讨论同意后，把你们的函发给上海市政府，市政府会同意的。

当年11月，中残联的函到了，施德容马上就报告上海市政府。经过了一段时间的充分准备以后，在2002年1月28日那天，上海市政府第122次常务会议决定，上海正式申办2007年世界特殊奥林匹克运动会，同时成立2007年世界特殊奥林匹克运动会申办领导小组及办公室。

当时的时间已非常紧张。因为特奥会要求标书送达的最后时间是2002年2月28

上海特奥中心副主任周静波

日。3月底他们要根据竞标的情况来上海考察。在一个月的时间里，施德容他们不仅要写出标书，还要把标书分别呈送中残联、上海市政府和国家体育总局，他们三家都同意后，最后要送到国务院审批。大家紧急动员起来，但却不知道该怎么写，还从来没有人写过这类标书，谁也不知道该怎么写。最后，施德容设法找国际特奥会，请他们把上届爱尔兰竞标的标书底稿拿给他们作参考。这是一个很复杂的文件，比如说场馆的要求，承诺怎样，预算多少等等，都得一清二楚。那个预算当时也没人会做。他们看爱尔兰是3000万美金，也写了3000万美金。其实这是他们的底稿，他们后来作了很大改动，增加了很大一笔预算，但施德容他们并不知道。

一个星期后，标书做好了，他们把标书送呈国务院，这要当时的国务院总理朱镕基签字。但就是这样高的办事效率，标书全部做好也已到了春节前夕。2月25日，国务院正式同意上海申办2007年世界特殊奥林匹克运动会。终于赶在2月28日特奥会规定的标书送达的最后时刻，把标书送到了国际特奥会。

之后，施德容又做了很多准备工作，包括请体委改进维修了部分体育设施，以便国际特奥会的官员来验收。

3月20日验收上海的世博会，3月26日验收特奥会，把上海搞得非常紧张。国际特奥会考察团对上海的申办工作进行了为期三天的考察评估后，非常满意。施德容赶紧准备竞标的资料。时间依然紧张。他只有三个礼拜来做竞标宣传片，在这三个礼拜里，还得准备演说材料，所有材料要呈报市委书记、市长征求意见。

好在到了4月份，这一切都准备好了。当月22日至24日，上海市副市长冯国勤一行代表申办领导小组到英国伦敦作申办陈述。播放了申办影片后，冯副市长用英语做了一个精彩的陈述，之后，全体人员都出来静候消息。只有特奥会董事会的成员继续做内部讨论。最后意向性地让董事会成员表态，没想全体人员一致通过。既然这样，特奥会就决定，不需要再让其他竞标的城市来陈述了。

一个小时后，特奥会通知上海参与竞标的人员再次进去。他们面面相觑，不知道要干什么。所有记者都不让进去。施德容问，中国的记者可否进去，他们说坚决不能。进去后，他们就宣布，上海中标了。

然后他们告诉施德容不能让记者进去的原因，他们说这个消息是不好发布的，不然对其他参与竞标的城市不好解释，他们还要给其他城市去做工作。假如记者报道出去，这个工作就不好做了，所以上海中标的消息还得保密。其实他们并不理解，中国的记者是听招呼的。

5月24日，上海市政府和国际特奥会在上海和国际特奥会总部华盛顿同时召开新闻发布会，宣布中国上海获得2007世界特殊奥林匹克运动会主办权。8月21日，2007年世界特殊奥林匹克运动会组委会（筹）及其办公室正式成立，标志着特殊奥运会的各项筹备组织工作全面启动。9月12日，组委会与国际特奥会签署《2007年世界特殊奥林匹克运动会协议备忘录》。

12月6日，按照《2007年世界特殊奥林匹克运动会协议备忘录》要求，具有民办、非企业单位性质的2007（上海）世界特殊奥林匹克运动会筹备中心正式成立，与组委会（筹）一起启动和开展各项具体工作。上海2007特奥中心用英语直译的话也是“筹备委员会”，主要的工作就是对上海怎么发展特奥运动、怎么组织竞赛、怎么来组织运动员的扩展计划、怎样做开幕式和闭幕式进行规划，在特奥中心，施德容担任主任，周静波、顾抒航担任副主任，后来方国平和孙力军也担任了副主任。

第三章

前所未有的团队

一、圈外人做了圈内人才能做的事

从历史上说，上海特奥会这样的开幕式是史无前例的，特奥给中国一个机会，而上海把特奥提到了一个新的高度。

施德容记得，在亚洲，除了上海1996年开过亚太地区特奥会，再也没有开过类似的运动会。为此，很多国家都非常感谢上海。为了办好运动会，上海动用了很多政府资源，尽管开始的时候，老外担心很多事情，譬如说担心运动员从住处到体育场不能按时抵达，其实他们的担心是不必要的，因为在交通方面，有政府强有力的支持，可以很精确地计算好时间。

值得一提的是，上海特奥会的开幕式是用奥运会开幕式的标准做的，这样一来就把整个运动会的价值也提升了。过去这种特奥会全部是慈善行为，这次上海引入了商业化的东西，很多资金是用商业赞助的方式募集来的。以致市委副书记殷一璀和副市长周太彤在不同的场合都当着唐的面说，施德容和顾抒航可以跟唐一起开制作公司了。

特奥会的每项工作都有分工，健康计划卫生局管，体育赛事体委管，社区计划民政局管，等等。但是其中有三项工作很有挑战性：第一是开幕式，第二是火炬跑，第三是募款。

施德容喜欢挑战，喜欢做这种有一定风险的事，他把它看成是对他人生的一次全新挑战，是他人生中的一个机会。所以，他欣然受命，把三项最难做的工作全都接下来了。

开幕式是大型文艺演出，他以前从来没有涉足过，更何况开幕式事关整个特奥会的成败，可谓重中之重。

募款也是难度很大的事情。一般人付出后是需要回报的，但特奥会是个公益事业，很难给别人回报，加之宣传力度不够，很少有人知道。而募款的金额又这么大，需要数亿元人民币。火炬跑是单独的一项活动，历届运动会都很简单，就是到雅典取了圣火之后，回国在开幕式上点燃就可以了。但是施德容别出心裁，与国际特奥会商量，挑选五大洲的六七个国家的首都跑完，还要接受各国政要的接见，那事情就麻烦了很多。

很多人认为，施德容和顾抒航最初是一点也不懂，作为圈外人士懵懵懂懂地做了一件圈内人士也不敢轻易触及的事情。很多人认为他们是不知道做开幕式这件事有多难才敢接这个活，其实并不尽然，当我们了解他们的履历后，就能理解为什么圈外人非要做圈内人的事情。

先说施德容。这是一个有战略眼光的人，"老三届"学生，曾在江西省崇义县插队，担任当地第一位拖拉机手，因为他身高近1.90米，老乡们都亲切地称呼他"高佬"。这位昔日的"务农好手"回到上海，并进入政府部门工作后，已变得儒雅、随和。他毕业于同济大学，获得过工商管理硕士和系统管理博士学位。

进入2003年后，他先是离开上海民政局，下海从商；然后又把公司业务从国有资产盘活拓展到游艇业，再到举办体育赛事，直至承办特奥会开幕式。

施德容每次履新，都与原来的工作不搭界，但他的魄力和素养使他已经习惯了自我角色的不断变化。快速适应新角色已经成为施德容的特点，当然，若干年后谈起面对的每一次变化，施德容有时也会隐隐有些后怕。

施德容最近一次转型是在担任上海市民政局局长一职8年后，在2003年接受任命，组建盛融投资有限公司。上海市有关领导希望盛融在上海今后的产业结构、经济结构的调整中起到中外交融的专业性骨干作用，盘活国有特殊资源，为增强国有资本的主导竞争力作出贡献。施德容当时也没有想过它的艰巨性，朋友们认为这是个不明智的选择，但施德容觉得这是个挑战的机会。

当时，上海国资系统有大量不良资产有待处置。但专业性的不良资产集中处置平台一直没有出现。面对不良资产处置的巨大市场空间，国外的一些投资银行想进来，但又感觉到整个中国的资本经营环境还不成熟，在这种情况下，他们希望能找到某种桥梁和依托，以便进入上海市场。施德容看到的正是这个机会。

上海盛融投资有限公司是具有独立法人资格的国有独资综合性投资公司，注册资本为人民币30亿元。公司从上海新一轮城市发展的大局出发，紧扣国资国企改革的主题，在国有资产布局与结构调整、推进国有企业产权多元化、大力发展混合所有制经济中充当资本运作平台角色，在加快国有资本流动，推动国资与外资民资、产业资

大卫·金博格、唐·米歇尔、施德容和顾抒航在一起

本与金融资本、企业资本与社会事业资产融合、嫁接、联动的过程中充分发挥“桥梁”功能。在坚持国际化、市场化的前提下，强化投资银行特色。在公司整体运作功能、综合运作能级、专业服务水准等方面形成较强的核心竞争力。

但身为总裁的施德容，在公司成立伊始，却是地地道道的“光杆司令”。他描述当时的情况就是拎着包，在借来的一间办公室里，开始了“盛融生涯”。就是在这种情况下，他迅速定位了盛融的业务方向：一方面，要收缩国有资产管理层次、跨度和股权比重，让国资向优势产业和领域集中；另一方面，国资要从不适宜发展的行业和领域中逐步退出。盛融成立后的一系列动作，很快打消了别人的疑虑。

2004年初，盛融受上海市建委委托，重组市建设交通系统国有企业债务债权，包括负责处理住总集团及下属企业9亿多元的银行债务，负责处理住总集团新体育烂尾楼，收回全部债权共计7159万元，为住总集团的债务重组增加了资金来源。

2004年5月底，中国建设银行将账面总价值41亿元的三个资产包，向全球机构投资者进行拍卖。由摩根士丹利房地产基金、盛融和金地（集团）股份有限公司组成的联合体，赢得了其中两个资产包。这两个资产包账面总价值达28.5亿元。

在其一系列资产重组活动中，施德容感到，作为一个企业，要完成这样的任务，必须要以市场化手段和投资银行的理念去进行资产运作。他认为，“不良资产的处置

新闻发布会上的施德容

是一种资产经营，是一种通过资产重组整合的运作将‘不良’变为‘良’，将‘良’变为‘更良’的过程。‘良’与‘不良’都是相对的。有些从所有者角度看，是需要处置的‘不良’资产，但在处置和投资者的眼中，只要出价合适，有利润空间，就是‘良’资产。因此，凡有获利空间的，都应是‘良’的资产。”

面对施德容的这些大手笔，业界很快提出了“盛融模式”，对此，施德容并不认可。但其惯常的操作方式已经被业内总结为：先从国有控股公司得到资产包，拆包后，制定资产处置方案，然后决定是自己处理，还是合作处理，或者是交给社会性公司处置。

盛融除了在国有资产盘活领域崭露头角，另一个有力尝试就是与国际一流企业积极合作。盛融成立时，施德容就选择了摩根士丹利作为合作伙伴。与摩根的系列合作，让施德容获益良多。他说：“和世界上顶级品牌公司合作，就是向世界上一些最精明的生意人学习，在他们做出的行与不行的判断中，我们学到了很多东西。”

盛融不仅把外资引入了上海，还积极发挥国资的引领作用，把众多资本融合在一起。

面对日益繁复的业务，施德容的思路却一直是非常清晰的，他说：“作为一个投资型公司，我只干三件事：一是发掘价值，二是投入资金和管理等要素，三是在整合以后达到价值的提升和资产的盘活。”摩根士丹利一些高管此前曾对媒体表示：“作为一个综合性投资公司，盛融的运作非常市场化。”

就这样，施德容步履轻快地从“光杆司令”做到身兼数家公司的董事长、总裁。

但谁也没有想到，在投资这一领域如此成功的施德容会介入体育产业的开发，开始操作上海国际田径黄金大奖赛。

国际田径黄金大赛是国际田径界的一项顶级赛事。凭借自己在资源整合运作方面的经验和声誉，经过和国际田径管理公司等有关方面谈判后，盛融获得了5届赛事的运作权。

施德容总是面带微笑。他本来就是一个很有风度的男人，这种微笑更是增添了他的魅力。他似乎很少紧张过，他的大将风度即使在他沉思的时候，也显露无遗。

但在他和蔼的微笑下面，却掩藏着一颗似乎可以挑战一切的雄心，特奥会开幕式和他结缘，与他这颗雄心有着莫大的关系。

再说顾抒航。她的大气的名字与外表形成较大反差，第一眼看上去，她给人的印象是个典型的江南女子，美，文静，纤弱，要是没有从她身上流露出来的时尚而现代的元素，你会觉得她完全是从古代仕女图中走出来的大家闺秀，只捧得起《西厢记》，使得动绣荷花和鸳鸯的针线。

但我在开幕式制作现场采访的时候，却无数次听人用一种带着怜爱和敬意的口气说起过她——Mary，这是她的英文名字。

第二次见面加深了对她的这种印象。

开幕式的操劳，使她病倒了，得了重感冒，完全是一副病中黛玉的模样，楚楚可怜。但她还是答应接受我的第一次采访。

她当天的力气好像已经用完了，她把接受采访的时间约定在次日下午。

在接受我采访的时候，她的神采重新复活，生病和连日的劳累留在她脸上的倦意已经荡然无存。虽然采访的过程中，她还在不时地咳嗽，但她的思维非常清晰，像一面擦拭得非常干净、明亮的镜子。她的嗓音爽朗热情，丰富的表情和自然优美的肢体语言，透露出了她的干练和睿智。

后来的交往，使我逐渐认识到了她身体里蕴含的绵韧的力量，认识到了她那种内在、健康的美，这使她外在的美经得起细细打量。而她一旦开口交谈，你就无法不被她吸引。听她的言谈的确是一种享受。一是因为她富有音乐感的嗓音，一种江南的语速，一种标准的普通话的语调，还因为她话题的广泛——文学、音乐、体育、艺术、时政等等都极有见地。她对事物的评论机智冷静，客观公正，使听众闻之从不会有不快之感。

但你很难把她和“女强人”之类的名词联系起来——她也不喜欢这类像铁板一样生硬的词语，她觉得是责任感、是她本身的素质在逼迫她去做好每一件事情。

她的激情好像永远燃烧着，她的活力似乎难有穷尽的时候。你会在心里想，这个女子就是为做特奥会开幕式这样的事而生的。

顾抒航1969年生于江苏无锡，一直在那里成长和生活，就连大学也是在当地的江南大学读的——那是一所迄今也不出名的学校。大学毕业后，在无锡工作没多长时间，就在1991年来到上海打工。

虽然现在出来打工的很多，但在20世纪90年代初，到上海来的人还不多。上海在改革开放的初期比较保守和沉寂，那时，这座城市的活力还没有像今天这样焕发出来。无锡虽地处江苏，但离上海很近，所以，顾抒航觉得自己的选择不是一个很大的动作，更不带任何传奇色彩。她刚来上海的时候，一讲普通话就有人觉得奇怪。这是外地人的标记。那时，一个外地人要到上海的主流社会去做一件事，几乎是不可能的。今天，顾抒航能说一口地道的上海话了，她已经融入这座城市。她还能说一口流利的美式英语，她能和美国人毫无障碍地交流，有几场新闻发布会就是她做的现场翻译。这也是她在工作中学的，英语成了她吃饭的工具。她是个直面困境的人，很多人都是避免去做自己没有做过的事情，但她对自己没有做过的事情怀着一种巨大的热情。正是工作环境迫使她的英语能说得这么好。她说，在上海这个城市，英语就是求生的一个必需的本领，没有选择，就像一个北方人到南方来，没有面粉，天天吃米饭，你也得吃一样。

她总在挑战自己。这不是说她天生喜欢做一些很难很难的事情。每个人都希望把一件事做得很成功，但谁也不会希望这件事很难做。遇到这样的时候，很多人会选择退避，但顾抒航和一般人的区别是，她在碰到困难之后，不会轻易放弃，而是要想办法把它做得更好。

这可能和她的个性有关。她不喜欢做重复的事情，而是喜欢做自己从来没有做过的事情。她觉得老是重复做一件事会让人生变得很沉闷。她希望她每个时段所作的事情都是不一样的。通常人们都愿意把一种职业做到底，不愿意改行，她做的却是一些前后没有什么联系的工作。所以，她说自己肯定不适合做制造业，因为那是个一直在重复并且要重复到极其精确才能做得特别好的行业。

这其实是很多人的想法，只是很多人没有能力去选择，因此也没有勇气离开自己已经做得很成功的事业再重新开始。

在这之前，顾抒航已有逾10年的酒店工作经验，曾任美国顶级酒店品牌丽嘉位于上海的波特曼丽嘉酒店政府事务关系总监——她是国内当时第一个担任高级酒店政府事务关系总监的中国人。

有些人一生在和命运抗争，最后却被命运搞得伤痕累累，大败而归。他们终其一生也没有明白，命运是不会轻易被战胜的。其实命运之神很多时候是很慷慨的，你付出一点爱心，给别人一点暖意，有时候甚至就是一个和善的手势、一个真诚的微笑，就会得到你意想不到的回报。而这些看似细小的事情每个人都可以做到，但他们无心去做，也不是一个人想做就可以做到的，因为它是一个人综合素质的体现。

那是1994年顾抒航在大连香格里拉做总经理行政秘书时的一天下午，她像往常一样，最后一个离开办公室，正在锁门的时候，一位住店的客人向她打听盥洗室的方向，顾抒航很有礼貌地给他指了指。客人道了谢。不想几分钟后，他们又在电梯口相遇了。客人很随和地问她在这里做什么工作，她回答了。

这是一次很简短的聊天。只是她当时不知道，这居然成了她生命中一个重大的转折。临告别时，那位客人取出自己的名片，原来他就是香格里拉集团的副总裁。他向这位谈吐大方、文静从容的年轻姑娘提出了建议，问她是否有兴趣接受上海波特曼丽嘉酒店总经理行政助理的职位。顾抒航开始还有些诧异，但她爽快地答应了。

她从那个职位开始，和波特曼丽嘉酒店结下了不解之缘。

命运就是这样，在她没有任何准备的情况下，给了她一个意想不到的惊喜。

她心里明白，今日的宽容明朗，正是生活无数的福祸浇铸的礼物。“我没有刻意去研究过禅学，但我知道禅修者有一种境界，世间万事对他们来说，都是可有可无的。如此，人也不会被一些小小的得失所左右。或者有另一种说法，任何问题其实都有一个解决方法，只看你付出多少，而结果，不在于是否达到目的，而是看你的付出是否值得。”

正是这种修为，成就了她的爱和事业，成就了她的人生，也才能使她年纪轻轻就能担当起诸多别人难以担当的事情。

每次做事，她都会在事前做很多功课，做到知己知彼，然后在最快的时间内，把和陌生人的关系提升到更私人化的层面，那就是生意机会最可能出现的地方。这需要你能反复认识自己，只有这样，你才能阅读他人。但能够读懂一个人需要的不但是悟性，还需要宽容。她总是能在一定的时刻，把自己放在对方的角度上来想事情。面对比自己地位高得多的人，不必仰望；而面对对自己有敬畏之心的人，决不要轻视。要说自信，这就是自信的要诀。

有人说，由于她有很强的逻辑思维能力，而且总是能清楚对方在想什么，然后把话题转向对方感兴趣的方面，她是个谈判的高手，别人两个小时、甚至半天才能完成的谈判，她只需花一个小时便能轻松搞定。所以，她在这里的一切都做得顺心顺手。

她说，连她自己也没有想到，她会和特殊奥林匹克运动会产生联系。她现在也不清楚，究竟是一种什么缘分使她一步步走到了这个事情的中心。

追溯起来，她所邂逅的可能是一种慈善之缘，她在接受一家媒体采访时说过，在国内，很少有人是在全职做着慈善事业。但正是这样的机会让她接触到很多非常弱势的群体。见到他们，她的灵魂就自然地得到了净化。她还说，她从事了慈善工作之后，开始重新认识自己的人生和生活，发现原来帮助别人是上帝赋予的机会。

而这个特殊的缘分，或者说让她得以和“上帝”建立联系的人就是施德容博士。

施德容从上海市民政局局长卸任后担任上海盛融投资有限公司总裁。按说特奥会跟他已没有什么关系。但因为特奥会是他在任时申办的，上海市政府觉得这是一件大事，临时找一个人接上去有些困难，所以在他卸任时，有关领导就和他说了，特奥会这个事情他还得管。他答应下来。

他和顾抒航相识是在2000年施瓦辛格到中国来做“世纪特奥中国行”的时候，当时，国际特奥委员会有一个特奥五年、十年发展计划，施瓦辛格就到上海来搞了一个非常大的宣传晚会。当时，上海市民政局的工作人员还没有多少接待明星的经验，而顾抒航在上海最好的五星级酒店任职，她就帮施德容把这个事情承担下来，除了台上的节目，其他的接待和活动都是她负责的。她的干练和能力给施德容留下了深刻的印象。所以，2003年，上海特奥会正式走上议事日程之后，求贤若渴的施德容想到的第一个人就是她。

她没有想到他要和她谈的是她愿不愿意辞掉酒店的工作，离开原来的地方，帮他做特奥会开幕式。

这意味着她要放弃原来所做的一切，放弃这份她做了十年的工作，去做一件她从没有接触过的、完全陌生的事情。但正是这一点，使她考虑了一段时间才答应了下来。

对于顾抒航来说，无论她以前做的酒店行业，还是到施德容的麾下来，对她都有一个比较高的要求，那就是她以前和现在的工作都需要很高的沟通能力，她起到的都是一个桥梁的作用，帮助中外双方沟通，因为这个开幕式是中外合作的模式。虽然工作的方式差不多，但她这次遇到的却是前所未有的挑战，她遭遇到了从没有

顾抒航在新闻发布会上

过的艰难。

人生的经历到了一定程度的时候，价值观会发生变化。她经历了这样一个过程，经历了这样一些事情，见了这样一些人，而这些又促进了她人生观、价值观的完善。

她的选择并不是要做一个完美主义者，因为很早以前就有人跟她讲过，如果你是完美主义者，你就是在自掘坟墓。因为没有一个事物是完美的。但你要知道什么事情对你是最重要的。你永远要去做最重要的事。

艺术家可以追求完美，但一个理智的管理者要尽量避免这样的想法。她虽然这么说，但在做事的时候，如果她用90%的精力在争取成功，那么剩下的10%就是在想办法怎么把它做得没有瑕疵。

特奥会的开幕式是跟艺术家合作，所以你在做艺术方面的决策时，肯定是有取舍的，只是你在取舍的时候，要知道哪些是一定要舍的，舍后对你的整体效果有什么影响。它要求你很理智地做好这样一个分析。这正好是她一个比较突出的优点。

除非是一件事情使她累得筋疲力尽的时候，她一般不会很痛苦地去面对困境，她不会怨天尤人地说，哎呀，折磨死人了。她会想办法以一个战士的姿态去克服，去化解，去迎头痛击它。她总是这么想，这些都是人生旅程中应该经历一下的东西，至于做了一次还去不去做第二次，那是另外一回事儿。

顾抒航从江南大学毕业后，就再也没进任何学校学习进修过。她是那种不大适合在教室里坐下读书的人，她兴趣非常广泛，每做一件事情，都会自己去研究它，会很投入地学到很多有关这方面的新知识，以便在最快的时间里提高自己。

她的素养和她的经历有关，她在经历中提高自己。她从没有一个具体的榜样，她会在电视中、在身边、在书里看到很多的人，他们的优点都是她要去学习的，她从他们的经历中知道，这个人的缺点她是绝对不能有的，在这个过程中，她不断地去提高自己，丰富自己。

顾抒航每天的工作时间基本都是从上午8点开始，直到凌晨回家，在特奥会开幕式制作期间，有时甚至只能休息三四个小时。但只要中午没有午餐会或其他应酬，她就会到健身房，健身一个小时。工作遇到麻烦时，她也会到这里来流一通汗水，然后舒舒服服地冲一个澡，她的很多解决方法都是在这里找到的。运动既是一种发泄和释放，也是她休息的方式。

她以前做的工作辛苦而快乐，但幸福的感觉是她和慈善事业结缘之后才真正体验到的。工作不仅给予了顾抒航一个幸福的简单理由，也给了她一个让更多人幸福的机会。

她一下觉得，自己的幸福似乎比其他人来得简单得多。这使她只要早上醒来，就会怀有兴奋的心情期待这一天的工作。

她说，单纯从经济学来看，慈善事业是财富的转移，不是财富的增加。但是从社会心理学来说，慈善事业却可以增加全社会总的幸福感。

不同岗位的工作让她对社会、对生活、对自己的人生认识得更加深刻。她接触的人位于社会的两极，要么是非常富有的，强势的，要么是生活艰难的，弱势的。她要做的就是为两者之间的平衡奔波忙碌，让投资有成的富有者心系贫弱并回馈社会，让贫弱的群体都能得到关爱，享受到人世的温暖。这是一项既需要能力、更需要耐心和爱心才能做成功的事。

开幕式结束后，顾抒航告诉我："当初，施德容接下这个任务后，我们对这个事情就做了充分的思想准备，做这个事难度总会有的，别人对你的认可、支持啊，资金上面的问题啊，是否接受你的想法啊，这都是非常正常的。不是说因为我们对这个东西完全不知道，所以我们就敢接。因为这是一件大事，也是一件很不容易做好的事情，所以需要有很大的勇气。但我觉得我和施总有很多相似之处，其中最重要的共同点就是喜欢挑战自己。是施德容先生给了我很多的启发，我才变成这样的，他喜欢做别人没有做过的事情，而且要把它做好。"

唐·米歇尔和中国少数民族演员在一起

她接着说："我当时接这个事情的时候，是觉得开幕式会很好玩儿，真正做成功的话，我们会有很大的成就感，我们也比较有兴趣来做这个事情。但我们也犹豫过，因为我们知道其中的过程肯定会很痛苦。但我们有一个共识，就是人生有这样一个经历，肯定是非常难忘的。我们并没有那种不成功便成仁的想法，我们也没有说要去利用这件事怎么样，我们就只有一个实实在在的想法，就是想把这件事做出影响来，所以，我们是用很好的心态去面对这个挑战的。

"很多人说我是圈外人，包括我做黄金大奖赛，我在美国出访碰到国家体委刘鹏主任时，他都非常吃惊，说原来你就是黄金大奖赛发起人、公司总经理啊？我是一个女的，也还年轻，加之我从来就跟体育圈没有关系，所以他很难相信。我曾经跟一个朋友说，你如果对一件事情有莫大的热情，万分的投入的话，你就会把它当做一个职业去做，这里面碰到的困难啊，你就会觉得是完全可以克服的。"

顾抒航是一个比较理智的人，她认为自己还需要提高很多方面的能力，比如说，作决定的能力，判断力，对全局的把握，处于庞杂事情中如何抓住重点，如何在百忙当中合理分配自己的精力，如何按照轻重缓急的顺序把这些事情逐一搞定，诸如此类的这些事情对她的要求的确非常高。但她相信自己可以面对和迎接这个挑战。

二、请出唐·米歇尔

2003 年 11 月的一天，施德容和顾抒航两人去美国观摩特奥会火炬跑，当时国际特奥会执行副总裁彼得·威勒（Peter Wheeler）对施德容说，相信中国上海举办第 12 届特奥会的时候，规模一定会非常大。

施德容说，我们希望能把第 12 届特奥会的影响做得大一些。

彼得·威勒接着问，施博士，你是否考虑过开幕式用什么样的导演？

施德容当时还没有想这件事。他们的认识还只是一个任务，是一个他们必须完成的任务。按他们一般的观念，就是找一个电视台来做这件事。

但他们知道开幕式是特奥会的重中之重。他曾经把特奥会开幕式跟奥运会开幕式作了一个比较，说两者在规模上差不多：奥运有 30 多个竞赛项目，特奥会有 21 个，加上 5 个表演项目，一共是 26 个；奥运会大概是 1 万名运动员，特奥会是 7000 多名，加上陪护人员，也有近万人；奥运会开幕式在专门的体育场，特奥会是在八万人体育场。区别很小。

正因为特奥会的规模和奥运会差不多，施德容和顾抒航就有一个最初的愿望，那就是做出来的事情也应该和奥运会差不多。奥运会开幕式所要用的科技、文艺和编排手段，特奥会开幕式也可以用。两者唯一的区别是，奥运会弘扬的是“更高、更快、更强”的拼搏精神，强调的是竞争意识；特奥会关注的是人与人之间平等包容的理念，弘扬人类的爱心，特奥会有很多以情动人的东西；而这一点在奥运会中的份量不大。奥运会可以讲历史、文化和人文，特奥会除了可以讲这些，还可以讲人类之大爱，讲公益，讲人与人之间的关系，讲和谐世界。所以，两人比较下来，感到从某种意义上来说，特奥会比奥运会还要丰富。

施德容听了彼得的话，很感兴趣，就问他，你是不是有什么高人可以推荐。

彼得·威勒是负责国际特奥会和世界运动会的传播、转播和开闭幕式工作的，就说，我们可以给你推荐一些美国的导演。特奥会组委会在美国做特奥的时候，也希望用这些导演，但因为各种原因，比如档期啊，特奥会的规模啊等等原因，没有合作成。但作为特奥会，我们一直希望能和他们合作。

施德容听后，也有些心动。他说，我们中国人做事有一个特点，就是如果要做，就是力争做得最好。如果他们是美国一流的导演，我们可以考虑合作。

他和顾抒航当时就抱着了解一下的心态，去拜会了一些美国的影视导演，其中就有唐·米歇尔。

彼得·威勒事先与唐·米歇尔联系过。

唐·米歇尔的办公室在洛杉矶。那天下午，施德容约好时间之后，就去拜访他。开车的是彼得·威勒，他是华盛顿人，不熟悉洛杉矶的路况，车在市区转来转去，迷路了。西方人是很守时的，看着时间一分一秒过去，他们很着急，但也没有办法。到达唐的办公室，已经迟到了两个小时。

唐很有耐心地在那里等他们。他们感到很抱歉，连说对不起。唐头发花白，很有风度，像一个宽厚的长者，微笑着说，没关系。

唐作为美国人，对特奥会很了解，但特奥会在美国，绝大多数都是依靠慈善捐助，规模都不是很大。至于中国要做成一个什么样的特奥会，他是没有概念的。施德容当时也说不太清楚，就给他看了2003年爱尔兰都柏林特奥会开幕式的录像。那个开幕式非常壮观，改变了唐对特奥会开幕式的印象。他从头看到尾，看后非常兴奋。虽然有一个很长的、和奥运会一样的入场仪式，但整个入场仪式并不让人觉得沉闷。主办方邀请了很多电影明星和运动员一起入场；还有很多明星亲自到现场观看，因为美国有很多明星都是爱尔兰籍，他们都去支持，包括扮演“007”的演员。

外方总导演、总制作人唐·米歇尔

外方总制作人大卫·金博格

唐看完后，觉得那个开幕式做得很好。

因为时间匆忙，施德容和顾抒航当时没有来得及查询唐的资料，加之以前也没有涉足过娱乐业，对他了解不多，还不知道他们面对的唐是这方面的顶级大腕，就问他，唐先生，你能把上海特奥会做成这样吗？

他和善地微笑着说，我会把它做得比这个还好。见他们还有些疑惑，就说，我也放一个片子给你们看看，这是我作品的一个剪辑。

他就放了一个八分钟的片子。

里面的每个画面都堪称经典，给两人印象最深的是，迈克尔·杰克逊在“超级碗”终场表演的时候，当时他唱那首歌时上身穿着白色的衬衣，下身穿着黑色的裤子，风从下面吹上来，衬衣飘起，宛若仙人。那是一个在全世界都很有名的镜头。还有他导演的亚特兰大奥运会开幕式，选择让得了帕金森症的阿里点火，这个镜头也感动了全世界。在这场开幕式中，所有观众手里都拿着烛光一样的东西，繁星点点，宛如银河。这是唐的作品中一个标志性的符号。1997年，唐还参与了香港回归庆典的制作，在维多利亚湾，马友友演奏《天地人和》这个曲目的时候，有很多船从港湾开过去，他也做了这样一个效果。

这也是他跟中国的一点渊源。当时施德容和顾抒航还不知道1979年邓小平访问美国时，那个欢迎晚会也是他导演的。

当时唐的事业刚刚起步，他是在华盛顿的肯尼迪中心导演并公演了这个节目。那是第一次在美国的电视节目现场直播到中国。邓小平首次访问华盛顿，他当时就感觉到那个夜晚，他成为了历史的一部分。

后来唐还有幸在维多利亚港参加制作了1997年香港回归活动，唐觉得这个活动和当初他在华盛顿与邓小平的初次经历有着一定的联系。然后又有了这次到上海制作2007特奥会开幕式的机会，他觉得这就像画了一个完整的圆。并且他个人感觉能够参与这一切的活动真的是非常美好。他觉得那是一个美好的轮回，是一份十分珍贵的机缘。

总制作人施德容

看完这个短片，施德容和顾抒航不约而同地交换了一下眼神，他们想告诉对方，这是一个真正的大师级的人物，如果请他来做上海特奥会的开幕式，能与奥运会媲美。

中方联名总导演张晓海

唐虽然愿意见他们，但并没有表示愿意来做这件事。

包括亚特兰大，唐做的很多都是美国本土的活动。对他来说，要到中国来做这么大一件事，无疑是个十分重大的决定。

施德容当时就对唐讲，特奥会是关注人的一个活动，您做过世界上的顶级运动会，但你做特奥会比奥运会还要有意义，因为上海特奥会的规模和人数与奥运会都是差不多的，在这个基础上，你可以做得更高更快更强，可以做历史文化，可以用各种高科技手段，你这些手段上海特奥会同样可以用，但特奥会还有人类情感、人类大爱的东西在里面，这是奥运会中所没有的，你可以做一个和奥运会不一样的东西。还有，你没有到过中国大陆，没有做过中国节目，中国有五千年的历史，你如果到中国，你会发现很多新的

开幕式执行制作人顾抒航

制作人王康宏

国际特奥会执行副总裁、制作人彼得·威勒

东西。你可以把你的人生的辉煌推到一个新的高度。

施德容的话打动了他。后来，时任上海市委书记的习近平在接见中外方总导演时，唐对他说，我这次来上海也是有过程的，三四年前施德容博士来游说我，至今我一直记得，他说，特奥会开幕式的标准应该不低于奥运会开幕式，他的热情和激情感动了我，我是三思后才来的。但他当时没有给施德容和顾抒航什么答案，只讲了一句话，我一生已经做了很多有关奥运会这类大的活动，如果凭我的力量能够把特奥会搞得和奥运会一样有影响的话，这对我的事业来讲，将是一个非常大的挑战。谁都希望有这个挑战，但你必须为迎接这个挑战做好准备。施德容也跟他讲，他们也需要竞标，但施德容希望唐去竞标。

这次会面就这样结束了，施德容和顾抒航也就回到了上海。他们当时觉得2003年到2007年还有4年时间，也没有太着急。两个月后，唐给施德容来了一个电子邮件，他在邮件中说，“上次听了施先生讲的话，非常感动，我愿意参与，但有些事情需要说在前面。做一场好的开幕式是需要花钱的，再做慈善、再做公益，基本的钱还是要花。”

他强调说：“我认为，在上海那里做，因为是公益事业，我尽量节约，但至少要1500万美金以上，这是一定要的，因为它的规模是那么大。你们有没有这些钱，你能不能承诺募集到这些钱？如果有钱，我们可以继续交流，如果没有钱，那我们就此合作的交流就只能终止了。”

施德容就给他回了邮件，说，我是有这个钱的，但我想要一个奥林匹克级别的开幕式，你做出的东西要能和奥运会媲美。

唐就同意了，答应到时候来竞标，并在2003年到中国来访问。

当初前来应标的国内外公司有5家，其中也包括唐·米歇尔及其制作团队。而唐·米歇尔的最终入选，不仅是因为组委会看中他卓越的才能和对艺术无止境的追求，更因为他独特的办会理念令人感动。

在选择过程中，许多应标公司都提到了开幕式场面要如何宏伟，要如何做到跟哪一届奥运会一样等等，让人觉得他们是把特奥会当作一种慈善活动来办。只有唐·米歇尔坚持自己的理念，就是希望能通过自己艺术上的创造，使越来越多的人了解特奥、支持特奥，并让全世界人民重新认识智障人士的能力。后来，他贯彻的这一理念，使整台特奥会开幕式没有过度煽情的台词和画面，朴实动人的场景却常常令观众忍不住热泪盈眶，但泪水中包含的不是怜悯，而是发自内心的钦佩和敬意。

从最初接触到开幕式顺利结束，事实证明施德容和顾抒航的选择是非常正确的，中外双方成了真正志同道合的合作伙伴。

通过和唐·米歇尔的合作，顾抒航感受到这位享有盛名的导演是何等敬业。筹备期间，唐·米歇尔飞来中国七八次，每次都要

制作人王琮祺

制作人肖恩·墨菲

统筹制作人黄休若

高级制作经理郑红蓓

制作人、运动员入场与观众参与导演史蒂夫·伯艾德

艺术顾问余秋雨

待上两个礼拜左右，事无巨细，亲力亲为，不断与中方人员沟通交流。而在洛杉矶的时候，他更坚持每天观看从中国传送过去的节目视频，并及时反馈自己的评价和意见。

“他每天上午8点开始就会猛打我的电话，告诉我他的想法。由于我们这边经常要工作到凌晨才结束，早上这个时候大家都还在休息，因此每天早上我几乎是唯一会接电话的人。”顾抒航无奈地笑着说，“尽管唐已经是个很有成就的人，但他总是很心急，他不会像一些大牌导演那样发脾气骂人，但只要看到不满意的地方，就忍不住打电话给创作人员要求改进。”唐后来也愉快地回忆道：“有一件事情给我印象很深并促使我们接手2007世界夏季特殊奥林匹克运动会开幕式这个项目，这就是中国对特殊奥林匹克运动会所作的投入。那是在3年前施德容博士来到了我在洛杉矶的办公室并与顾抒航女士一起坐下来告诉我的，他们告诉我，中国对于特奥会开幕式的投入是史无前例的。而施博士当天所讲的确都是事实。此次在上海的特奥会开幕式确实给将来的特奥会开幕式设置了一个相当高的标准。施博士在三年前的那天对我说，要把特奥会开幕式做成奥运会开幕式一样的品质，最后我幸运地在中方团队，5000名演员，令人惊叹的服装、音乐以及所有元素的帮助下，成功地做到了。”

施德容和顾抒航从美国回到中国不久，就给唐发了一个邀请函，希望他访问中国。唐在来信中说，如果他真要来中国做特奥会开幕式的话，他有一个很好的合作伙伴，叫大卫·金博格，也是一个制作人，他们必须要合作才行。

大卫·金博格不是等闲之辈，他是唐的很好的合作伙伴，也是一个制作人。大卫1969年加入美国广播公司，从事新闻、体育和娱乐节目的制作工作；1974年升为该公司娱乐节目部制作总监；此后六年，他在美国、欧洲和中东等地策划并监制了芭芭拉·沃特斯主持的特别节目。正是在制作这一系列节目的过程中，大卫开始了与唐近30年的合作。1982年，大卫成为唐·米歇尔制作公司执行副总裁。在之后的23年，他与唐制作了100多个电视特别节目和现场活动，包括亚特兰大奥运会和盐湖城冬奥会的开、闭幕式，以及1997年香港回归盛典。大卫曾4次荣获艾美奖。

唐和大卫接受了访问中国的邀请，于2004年3月访问中国。施德容建议他们去北京和上海，使他们对中国有一些了解，对中国文化有一个印象。在这之前，他们只到过香港。于是，他们到北京参观了长城，访问了中央电视台；在上海呆了一个星期，先跟施德容和顾抒航谈，后跟周太彤副市长谈，和周太彤副市长的谈话涉及历史、文化、哲学，他们完全被周副市长吸引住了。

后来，唐又访问了上海电视台，看了八万人体育场，又去了上海戏剧学院，找了一些导演和作曲家谈话。他非常兴奋，认为特奥会开幕式这件事是可以做的。这样就逐步把这个合作关系确定下来了。

艺术总监陆川

音乐总监刘彤

舞美总设计严文龙（左三）和舞美道具设计团队部分成员

舞蹈总监刘晓荷张弋（左一左二）

施德容从政多年，随后又在商界打拼，当唐认为这件事他可以来做的时候，施德容知道这件事并没有想象的那么简单。他能从看似简单的问题中看到复杂的成分；而顾抒航喜欢把复杂的问题简单化，她说这是全世界最好的一个导演，能够把这件事做得最好，我们不用他用谁啊！

形象总监刘天兰

施德容说，请一个外国导演来导演我们国家一个城市举办的国际体育赛事的开幕式，这在中国的历史上还从来没有这么做过。所以他觉得这个模式是需要重新考虑的。应该有一个中方的人去和他配合。因为这里面的节目不可避免地要涉及意识形态的问题，这需要中方的人来把关。这就需要中美合作。如果这样做，唐是否愿意呢？这是一个问题。

他接着分析说，这里面有几个层次的问题需要考虑：第一，谁都知道，如果请一个美国导演来做，这定然存在一些风险，为了保险，上海市政府是否认为应该由上海文广集团或者中央电视台来做？第二个问题是，如果官方同意的话，美国人是否愿意和中国的电视台合作？第三，如果美国人愿意和中国人合作，又是和什么样的中国人合作？

服装设计总监宋立

因为史无前例，这三个问题足足让领导们的决策用了一年时间。在这一年的时间里，施德容和顾抒航进入了一个漫长的等待期。当然，他们也有了足够的时间来思考所有的问题。

2005年下半年，施德容和顾抒航终于接到了上级的决定：同意让唐·米歇尔担任外方总制作人和总导演，同时提出了“中外合作，中方主导”的原则要求。施德容和顾抒航决定在上级确定的原则框架内放手让唐·米歇尔来做，他们认为，在唐的创意团队中，有很多中国人，也就是说，这个节目怎么做，其中很多创意都是中国人的。央视对特奥会开幕式很重视，也很支持，参加开幕式制作的阵容整齐强大。中方的艺术顾问、音乐顾问、艺术总监、音乐总监、舞美总设计、舞蹈总监、形象总监、服装设计总监等人也在中外合作团队中发挥了重要作用。

服装设计师李晴

服装设计师郑志宽

灯光设计师鲍比·狄更森

三、对唐专业生涯的崇高挑战

唐对于能担任上海特奥会外方总制作人和总导演感到非常荣幸。但他也深知这件事情的艰难，他之所以一次次来上海进行各方面的考察，就是因为他觉得这场开幕式是对他“专业生涯的崇高挑战”，人们将在这场盛会中“欢庆人性的差异，点亮人性的尊严”。

距离开幕还有500多天的时候，唐·米歇尔就用3个月时间，与中国的演艺界人士进行了广泛沟通，从当地社区、智障人士中发掘创作灵感；用6个月时间确定开幕式的大致构想，制作了数个方案。他说，“执导开幕式并非难事，困难的是如何通过开幕式来感动人心、传达理念，折射出人性的尊严和心灵的光辉。”

我在对远在美国的他通过电子邮件进行的采访中，他对这些“崇高挑战”的具体体现作了详尽的回复，他说——

灯光设计师刘文豪

技术总监莫·莫里森

技术顾问梁树有

此次开幕式作为2007世界夏季特殊奥林匹克运动会的崇高挑战是出于以下几点原因：

首先，这是一个关于智障人士的活动。就它本身来讲就已经是个崇高的挑战了。你该如何恰当地来表现一个智障人士呢？你该如何告诉这个世界，这些人是能帮忙的并且有用处的社会成员，他们能对生命作出贡献？你该如何告诉全世界我们这些没有智障的人有很多值得向智障人士学习的地方，诸如毅力，面对挑战以及克服障碍？所以这是作为崇高挑战的一个方面。

还有，我们这次与中方创意团队的合作确实是一次真正意义上的中外合作。以前有很多的演出，有从东方来西方做的表演，或者从西方到东方来做的表演，他们几乎都是带着自己的团队一起来的。他们会一生带着舞蹈人员和演员以及所有的舞台布景、灯光设备、携带着装满各种物品的集装箱飞往各地。所以我不认为那是真正意义上的中外合作。

此次的2007世界夏季特殊奥林匹克运动会是据我所知的首次两个截然不同的文化所共同创造出来的开幕式。我们甚至无法说同一种语言，但是我们一起并肩作战超过了2个年头并创造了可能是迄今为止中国最重要的国际赛事活动。然而文化传统的不同，语言表达的不同，操作方式的不同以及完成事情的过程不同，这太多的不同，使我们发现彼此原来根本不在一个界面上。就以其中最花时间的一个过程“沟通”为例，在那个过程中，中国团队无法确定是否已经把他们的意图传达给了我们，相对的，我们也有很多时候无法确定他们是否明白了我们在说什么。起初，在会议中都是由说普通话的工作人员先发言，然后由他们的翻译转述成英语，再由我们这些说英语的人给予答复并发言，然后再由翻译转述。很快我们就发现一个正常的两小时会议在这种情况下需要花四个小时才能完成。因此，我们马上认识到，我们还是需要用联合国的方法，采用同声翻译。于是当我们的音乐总监刘彤或者我们的舞美设计师严文龙在用普通话发言的时候，我们就带着耳机并调到同声翻译的频道。当我们回答的时候，同样也有同声翻译给中方人员听。这就是我们如何改进崇高挑战中之互相沟通的一个方面。

再者，当我们在讨论创意方案的时候，就开幕式内容的取材这一点也是分歧很大的，以中国文化为背景的创意人员和以西方文化为背景的创意人员在看待哪些元素是重要的方面视点和看法根本就不一样。

我们该如何表现开幕式呢？该用什么图标，什么样的音乐，什么样的舞台布置，什么样的形象？这些问题都需要答案。举个例子，对于中国人以及中国文化来说，有许多诸如京剧脸谱、灯笼、长城、城门以及龙这样的图标。这些都是许多中国人看厌了的象征性图标。中国人每年在过节和庆典中都会看到，所以他们觉得这些并不是他们想放入开幕式内容中的符号。但是对于我们这些从西方来的，从欧洲来的，从澳大利亚来的以及那些对于中国人文传统不熟悉的人来说，我们更注重在开幕式中能够看到

音响设计师派屈克·博茨尔

焰火设计师胡启泰

明星统筹史蒂夫·斯巴斯玛

这些我觉得可以被称为经典中国形象的东西。每当此时，我总是会联想到我的儿子，16岁的查理，他很喜欢中国。他阅读了很多关于中国的读物。他对于中国长城特别

总舞台监督黛比拉·克朗莎

舞台监督副导演玛丽安·库娜

吊装工程总监迈克尔·威斯曼

感兴趣。就此范围来说，像我儿子这样的人如果没有看到至少用某种创意片断或者别的方法来表达长城的话，他们会觉得这是一个真正意义上的失误，为什么在从中国来的表演中，我们没有看到或听到任何代表这一最惊人的、可能是整个星球上最惊人的地域标志呢？

对于开幕式也是这样的，到时候会有很多观众。在中国，有坐在上海体育场现场观看的观众，有更多的人是通过CCTV的卫星信号在家里收看。还有一部分观众是世界各地的。有一点我们必须明白，有时别的国家的观众想看的，其实并不是主办国城市的人民，也就是上海的人民认为是重要的并值得观看的。

运动员入场仪式经理萨朗·威廉姆斯

所以，在制作开幕式的过程中，最难的一个问题就是在内场中该表演什么内容，然后是怎么来表现这些内容，并把其精神传达给观众。这些比什么都难。

我们需要讲述什么？我们要表现怎样的形象？我们是不是要用龙这个文化符号以及如何用这个符号？包括应该如何让它具有意义？解决这些问题的难度其实是最大的。比较而言，制作表演、导演表演、创作服装、灯光以及音乐这些方面做起来真的要简单得多。

这些你必须要找到解决办法的问题同样属于崇高挑战的一部分。

每一届奥林匹克运动会的主办城市——从亚特兰大到盐湖城到都灵到悉尼到雅典，都曾为下面这些问题所困扰。那就是：整个世界到底期望看什么？我们该如何取得全世界的认同并给予全世界认为重要的内容？以及我们如何用亘古不变的模式去做到这一切？

我们美国国际团队以及中国团队起初的目标是要打动这些观众的心。当你做这种类型的节目时，音乐、场面、焰火以及特效之类的东西都可以为你所用，你可以尝试并且使用他们。但这些都是很表面的东西，仅仅是手段而已。

你真正的目标，也就是你所拥有的真正艺术性的方向是要去打动观众的情感。但如何打动他们的感情？如何让他们在看完开幕式后可以感悟到一些可以改变他们想法的东西？我们有没有在他们的内心打开一扇门？这些才是最关键的问题。

你知道吗？我认为我们这次在上海所做的很了不起的事情之一就是，我真的感觉到我们已经帮助整个世界更深地理解了这些从160个国家和地区到上海来的特奥运动员。所以，这些“崇高的挑战”都是值得去面对的。

四、名家云集，精英荟萃

2002年5月特奥申办成功时，上海成立了组委会。市长担任了组委会主任。当年11月，施德容在美国访问期间，中国特奥会主席王智钧与他讨论特奥会机构时，建议上海特奥会组委会的主任和执行主任的配备应该学奥委会，市委书记担任主任，上海市长、中残联领导和国家体育总局领导担任执行主任。施德容回上海后马上报告了周太彤副市长，经过努力，成功了，国务院也批了，以至后来奥委会、残奥会、特奥会的领导机构都是一样规格了。2004年3月2日，胡锦涛主席会见了国际特奥会总部的官员，把上海特奥会的意义一下子提高了。

施德容是国有独资公司的总裁，虽然他做过民政局局长，人脉关系还在，但他不

特奥会全球大使莫文蔚

能全靠这个来开展工作。形势发展到这样的程度，周太彤副市长认为这么大的事情，靠施德容一个人肯定是不行的，政府一定要出面。所以在上海成立了一个执委会，由周副市长任主席，这样政府的很多部门都参与了。原来成立的民办非企业单位特奥中心还在运作，施德容依然是这个中心的主任，同时兼任执委会副秘书长。因为“执委会”的名称在英语中已经被特奥中心使用了，包括与老外签订合同都是使用这个名称，所以对外特奥中心简称GEC，执委会简称GSC，后者的意思为掌握方向去执行。

美国传奇音乐人昆西·琼斯创作开幕式主题歌曲《你行，我也行！》

上海2007特奥会执委会是一个做事情的部门。比如说开幕式所对口的就是大型活动部，医疗救护方面有问题就找到健康保障部，也就是说，有许多对口部门在和特奥会一起运作。沟通如果发生问题，开幕式制作部就会打报告给大型活动部，该部把相关的问题转到相关的部门去解决，比如说志愿者人数不够了，或有特殊的要求了，就会由执委会的志愿者部来帮开幕式制作部协调。

著名作曲家、指挥家谭盾

唐担任特奥会开幕式外方总制作人和总导演后，开始选择他的中国合作伙伴。他希望与影响更大的国家级媒体合作，这在中国其实也就中央电视台一家。同时，唐希望央视出一位中方总导演。

施德容直接去找中央电视台台长赵化勇，他希望央视第一能够转播、宣传和广告，第二能选一名能力很强的人出任中方联名总导演。

赵化勇台长听完施德容的话，爽快地同意了他们的全部要求，并提了详细的意见，大意是，在艺术上我们要尽力配合外方团队，在意识形态上由央视来把关，对特奥会的宣传工作没有问题，央视会做的，请你们放心。

很快，央视指定了张晓海来担任中方总导演。张晓海主要承担电视导演的职责，也就是怎样把开幕式尽可能完美地转播给全国和全球的观众，电视画面切割都是他来负责。他还有一个最重要的职责，就是所有涉及意识形态的东西都需要他来把关，在体现中国悠久历史文化的东西上不能出一点错误，让国人和外国人笑话。

2006年7月，施德容、顾抒航、唐、大卫和张晓海在北京开了一次会，这是大家第一次正式接触。这次见面，张晓海的人格魅力首先吸引了唐。

当时，唐给张晓海介绍开幕式上希望要哪些演员。张晓海就说，你不用给我介绍得这么详细，你就问问你找的这些演员是不是认识张晓海，如果不认识，你就不要和他们合作了。

唐笑了，一下觉得他们之间有很多的相通之处，因为美国好莱坞的作风就是这样。

彼此之间的认可和尊重是合作的重要基础。后来的事实说明，唐和张晓海两人的合作是非常成功的。

他们彼此间也有很多不同的意见，但都能相互容忍。

张晓海很喜欢唐，因为他平和、认真，没有美国大导演的那种倨傲感。像张晓海做的机位图，唐看后就说，我作为一个电视导演，我可能不会这么去做，但张晓海这样做，这是他的选择，这肯定有他的理解。在选择所有音乐、服装、

音乐顾问马友友

特奥会全球大使章子怡

“丝绸之路”合奏团

舞美、舞蹈总监这些中方人员的时候，张晓海也是和外方人员一起去选的，而不是由央视一家来定夺。

上海的领导也觉得和央视合作是非常好的。不管怎么说，它是国内最有影响的、经验和资源最丰富、人才最多的电视台，央视这个团队后来在和外方多次接触后，也都被大家所认可。央视加入后的中外团队无疑是一个阵容十分强大的合作团队。这个合作团队由特别顾问、创意和制作、舞美和道具、音乐、舞蹈编导、服装设计、灯光设计、音响设计、技术制作、烟火设计、制作管理、演员管理、吊装、舞台监督、运动员入场仪式、志愿者管理、场地管理、餐饮、安保、视频制作、交通接待等团队组成。

其中，除了国际知名的电视节目及大型现场活动的制作人兼导演唐·米歇尔担任外方总导演兼外方总制作人，美国知名制作人大卫·金博格担任外方总制作人外，中国特奥会副主席、上海盛融投资有限公司总裁施德容担任总制作人，中央电视台文艺节目中心文艺部主任、中国深资电视导演张晓海担任中方联名总导演，上海2007特奥中心副主任、2007上海世界特奥会执委会公共关系部部长、大型活动部副部长顾抒航担任执行制作人，制作人有国际特奥会执行副总裁彼得·威勒、中国资深电视制作人王康宏、美国知名电视和大型活动制作人肖恩·墨菲（Sean Murphy）、上海文广新闻传媒集团（电视台）综艺部首席导演王琮祺、专门负责运动员入场和观众参与的制作人史蒂夫·伯艾德（Steve Boyd），此外，还有统筹制作人黄休若、高级制作经理郑红蓓等。

开幕式制作团队聘请了特别顾问，他们是艺术总监陆川，艺术总顾问余秋雨，音乐顾问马友友。

团队中的舞美总设计严文龙是国家一级美术设计师；音乐总监刘彤是国家一级作曲家、北京军区战友歌舞团创作员，北京天坛《2008年奥运会会徽揭幕仪式庆典晚会》音乐总监，曾和张艺谋合作过《印象刘三姐》；舞蹈总监是获得过多项大奖的张弋和刘小荷；形象总监是有“中国首席形象顾问”、“形象圣手”之称的刘天兰；服装设计总监是总政歌舞团服装设计宋立；灯光设计师是在全球娱乐行业中享有盛誉的鲍比·狄更森和多项大奖获得者刘文豪；音响设计由美国知名音响设计师派屈克·博茨尔负责；烟火设计师是荣声集团主席、世界烟火特技行业中的顶尖者胡启泰……

可谓名家云集，精英荟萃。

这支汇集了诸多国内外名家的强大创意制作团队是特奥会开幕式成功的一大关键。

其实，在这个创意制作团体中，95%都是来自中国的艺术家。正是这样一个群英荟萃的团体，创造了特奥会开幕式的奇迹。

五、世界级明星的义举

这次的明星阵容可谓强大。他们是马友友、郎朗、谭盾、阿诺·施瓦辛格（Arnold Schwarzenegger）、成龙、章子怡、周瑛琦、昆西·琼斯（Quincy Jones）、姚明、刘翔、科林·法瑞尔（Kolin Farrell）、莫文蔚、赵薇、吴大维和丝路合奏团。

这些世界级明星大多是唐和顾抒航请来的。她说，这些明星能来的都很好请。这些一线的明星你跟他一说，他就愿意来，我们请成龙、章子怡、马友友、谭盾，都没有费过任何口舌，一说就来。当时谭盾还是北京奥运会的音乐顾问，他的时间是很紧的。

顾抒航跟钢琴家郎朗和他爸爸都不认识，她有个朋友有郎朗爸爸郎国任在美国的电话，她就把他爸爸的电话要了过来，把电话打到美国，郎国任接听电话后，顾抒航大约用了五分钟时间自我介绍，然后就给他讲了特奥会开幕式希望请郎朗来做一场演出。

郎国任听完，以东北人特有的爽快马上就答应了，说10月2日没问题，我们来，钱也不用说，这个是公益的，哪有可能要你们付钱呢！

郎国任作为一个非常普通的二胡演员，之所以能够在自己1000块人民币的工资中拿出钱来给郎朗买钢琴，再花几万元送郎朗去德国参加钢琴比赛，培养出郎朗这个世界级的钢琴演奏家，就是说明这个人绝对是一个有智慧的人——因为他是一个非常清楚地知道自己应该做什么的人。

顾抒航与郎朗联系上后，有一次他到上海来办一件事，要给他拍一个公益宣传片，他二话没说就同意了，只用了一天的时间，就非常轻松地拍好了。

但特奥会请明星并不容易，不是说特奥会这个平台很大，什么明星都可以请到。主要就是因为这是做公益，没有钱。他们会说，哎呀，我飞那么远，一分钱不赚，就唱一首歌，干嘛呢？这是一个比较普遍的现象。所以，顾抒航虽然给很多艺术家和明星打过电话，但最后来的就这几位。但是，这些来的艺术家和明星都是华人里面当之无愧的、最具影响力的人物了，如果说要展示华人形象，有了章子怡、成龙、郎朗、谭盾、马友友、姚明、刘翔这七个人已经足够。

而这些人恰好都是一个电话全都愿意来的。

姚明为了参加特奥会开幕式，不惜违约而被罚款。刘翔为参加开幕式火炬传递而推辞了在日本的赛事。著名影星章子怡正在拍《梅兰芳》，她那个剧组就给她一天的时间，也就是说，她10月2日早上乘机到上海，晚上开幕式结束后还得马上赶回剧组去。因为一个剧组一旦开拍，就像特奥会开幕式一样，进来之后，是不随便放人的，每分钟都要利用上。但章子怡跟陈凯歌商量后，就决定一定要来。对她这个国际明星来讲，出来这一天是很折腾的，早上坐飞机来，晚上坐飞机回去，还要做那么多事，还要接受记者采访，而没有分文报酬。别人有时候请你吃饭，如果你忙，你还不愿意去呢，何况是让你免费去干活啊。而章子怡如果用这一天的时间拍个广告，就有可能赚几百万、上千万。

所以，如果姚明和刘翔这两位体坛巨星以及章子怡这位国际明星没有那个品质，是绝对不愿意干的。

2004年6月11日，姚明出任特奥全球大使和2007年世界特殊奥运会形象代言人。2005年2月7日，刘翔被授予“2007年世界特殊奥运会爱心大使”称号。姚明发表了影响极大的公开信——《让我们来做正确的事情》，呼吁人们“将特奥理想传播到世界的每一个角落，使得生活在我们这个星球上的每一个人都获得平等的参与机会”。

世界级明星利用他们的巨大影响为特奥会大力宣传，为开幕式积极工作，吸引了越来越多的人关注2007年上海世界特奥会和智障人，为上海成功举办特奥会作出了贡献。

第四章

信任与冲突

一、主题终于确立

这个中外团队组建后，要翻越的第一座火焰山就是这个团队怎么去磨合。国内团队的很多人都彼此认识，但没有合作过；而中国团队和外国团队则从来没有合作过。文化观念的冲突，使合作在创意阶段就产生了很大的分歧，很多时候双方甚至吵了起来。

这个开幕式要艺术地运用中国元素来宣传特奥会的理念，同时还要表现上海的现代以及当代中国开放进取的国家形象。这个节目到底怎么做，本子怎么写，都有矛盾。到底跟他们怎么合作，做成什么样，每个人都不知道。美国人看中国的武术，就是李安的《卧虎藏龙》，觉得那是经典；中国人看李安的《卧虎藏龙》，就觉得这怎么会是武术呢？

但中方创意团队也知道，特奥会开幕式请外方的目的就是因为他们参与过国际大型体育赛事开幕式的制作，有丰富的经验。还有就是想换一种思路，现在的中国人喜欢有创新的、能给人耳目一新的东西，担心中国人的创新跳不出一定的框子，而外方人员有世界的眼光和活跃的思路，能为开幕式这个国际化的表演带来新的观念。

创意团队组建之后，新的问题又出来了。因为总导演是美方的，创意要以他们为主。他们对中国文化研究不深，他们只提供想法，很多好的具体的建议都是由中方团队提出的，具体的内容也都是中方团队来做的。这对中方创意团队的人来说，就有了想法，那就是：我们到底听谁的，我们是中国人啊，对中国文化我们最有发言权啊，美国人说怎么做，我们就怎么做吗？制作人王康宏一开始就跟大家说，第一，我们不是为任何人来打工的，我们是为特奥会开幕式来工作，我们是怀着一颗爱心来做公益的；其次，在创意上面，我们要拿出自己的好点子，和老外的好的想法融合到一起去，而不是说，他来决定我们怎么做，我们就听指挥。我们做的毕竟是一个面向全球观众的开幕式，它既要是传统的，又要是现代的；我们要让外国人看它就是中国的，让中国人看它就是国际的。开幕式做到了这一点。其实，都是双方的好经验放在一起，相互融合，才出现了最终的效果。

①塔沟武术学校的学员在练习用人体搭建长城
②导演在做现场指导
③练习搭建人体长城的特写
④吴方淼在塔沟练习攀登“长城”
⑤练习搭建人体烽火台的特写

最初，最难磨合的是外国人对中国不了解。很多外国人是第一次来中国做事，对中国的制度、体制、行政方式、政府职能完全不了解。他们根本不知道这里面有很多东西和他们那里是完全不一样的。还有西方人对中国人是有成见的，这是西方国家长期带有偏见的，甚至是妖魔化宣传的结果。所以，在工作中，他们对中国的认知度不够，他觉得这个工作交给你们，你们肯定完不成，肯定做不好。他们经常讲的是，他们做过亚特兰大奥运会，做过悉尼奥运会，做过盐湖城冬奥会，他们的经验告诉他们必须这样做，不然就不行。而中方团队跟他说，你们的经验在中国未必完全有用，你们老外根本不了解中国和中国文化。

开始的几个月就处于这种状态——彼此不服气，创意根本出不来。

③ ④

⑤

任何事情，时间拉得很长都不是好事。

而当时翻译就是一个很大的问题。任何翻译都是会打折扣的。顾抒航自己和老外打交道很多，深知翻译的重要性。如果找的翻译本身对艺术不太懂的，他是翻译不好的。比如说要把中文翻译成英文，如果仅仅是英文很好而中文一般的话，也是翻译不好的。如果大家现在说古诗，翻译如果不太懂古诗，就很难翻译。这跟文学一样，表面上都看得明白，但其深意不一定都懂。顾抒航找了很久，才找到一个很好的翻译，这个翻译就是几个小时聚精会神地在同传，翻译到最后，人都晕过去了。

主题的确定并不困难，中外双方也都认同，那就是，中国是一个有着五千年文明历史的大国，它的文化、历史非常丰富多彩，开幕式中一定要融入独特的中国元素；还有就是开幕式中，人是最重要的，要体现人类尊严之美，传达“人类的差异性应该受到尊重”的理念。要通过表演者的笑容来感染观众，用真情实感来体现社会对智障人士的关爱。唐也表示，他不会套用好莱坞的模式，他的灵感肯定来自中国文化。虽然特奥会开幕式表面上是全球最大的公益运动会，不涉及这方面的内容。但其实任何文艺活动都关涉意识形态，都是意识形态的反映。为了避免陷入这种不必要的论争中，大家认准了一点就是，牢牢地抓住公益和关爱弱者这一人类的主题。抓住了这个，所要体现的意识形态的东西都在里面了。

但一旦落实到中国文化的细节上，双方的意见就是相左的。

回想起中外双方的合作，顾抒航坦言：“愉快之处自然不少，但吵架似乎也是常有的事。而一切矛盾的焦点，几乎都集中在如何运用中国元素上。”

要让无论身处世界哪个角落的人都能清楚地知道本届特奥会的举办地是在中国上海，开幕式上的中国元素自然是必不可少的。在外国人眼中，龙、长城、红灯笼、中国结等显然是中华文化的代名词；而对于中方创意团队的中国人而言，这些符号实在是“老掉牙”了，这些符号高频出现不仅会在视觉上产生审美疲劳，更可能造成心理上的厌烦感。

余秋雨认为，双方的这种争执并不是冲突，而是两种话语系统的不搭调。唐·米歇尔对中国文化充满了好奇，但却也有许多不甚了解的地方。此时需要的，正是彼此去弥合这种文化认识上的差距。

唐·米歇尔认为，这场开幕式不仅是制作给中国人看的，还有各个国家和地区的观众，这里面的很多观众并不了解中国悠久灿烂的文化和玄妙深邃的哲学，即使我们要把这些传达给他们，也只能通过全球观众都熟悉的诸如长城、武术、八卦、红灯笼、龙、鼓这些符号。

这使唐非常着急，因为时间已经进入到2007年。

2007年3月，所有的创意人员——包括唐和张晓海——在上海开了一次会。在这次会上，陆川认为，“举办特奥会是中国向世界展示自己的文化，弥补海外对中国认知不足的一个机会。我们就是要把我们的想法能尽量多地提供出来，让外方导演来选择，我其实是代表年轻一代，去表现一些我们想表现的发展中的新的中国。”

王康宏认为，从大文化的概念来说，武术、大红灯笼之类的文化符号是可以用的，主要是看你怎么用。每一样东西的含义都是很宽广的，表现方式也是多元的。

余秋雨认为，这些元素是避不开的，但刻意追求，反而小气。有时，这些元素甚至升格为假、大、空的惯常思路，使整个演出失去了独特的精神目标。他接着阐释道，精神目标是人类意义上的生命搏斗、人性关爱和互助互生。在这些根本问题上，中国元素只是表达了中华民族对于世界终极价值的参与和创建，虔诚而谦恭，而不是要展示与众不同的民族理念。我们有没有与众不同的民族理念？当然有，但这种民族理念与世界终极价值相比，毕竟低了几个等级，世界上任何一种民族理念都是同样的，我们为什么要降低等级来做这件事呢？至于从一开始就反复被提到的要不要出现“上海元素”的问题，余秋雨认为，已经在上海了，再卖弄上海，对客人就很不礼貌。有姚明、刘翔这两个杰出的上海男人出场够有份量了。但我一再希望，不管在现场还是在宣传中，都不要强调他们的籍贯。既然中国是世界终极价值的参与者，那么，上海也只是中国整体的参与者而已。伟大的是整体，而不是肢解后的碎块。而且，这种碎块多半是虚假的，因为在交通、信息极其发达的今天，根本不存在纯粹的所谓地方文化。

余秋雨讲的还是中国文化，看起来对活动没有直接的贡献，但起了很关键的、抛砖引玉的作用。

2007年10月10日，余秋雨在他的一篇“博文”中，追述了他参与创意的细节：

作为2007世界夏季特奥会开幕式的艺术总顾问，我做的事情并不太多。自从开幕式当天下午在八万人体育场的新闻中心举行中外记者招待会以后，我被大量媒体朋友追询。现在把我的回答略加整理，供大家参考。

我参与了两次至关重要的构思会议。第一次是2006年7月在北京召开的，第二次是2007年3月在上海召开的。在这两次构思会上，我都作了比较系统的发言，与美方总导演和总设计产生了很深入、很兴奋的互动。在构思会之外，组委会和中方导演陆

①②③练习少林棍术的特写组图

川先生也经常就一些文化体现问题对我有一些咨询，直到开幕式举行的前几天。

在这个过程中我注意到一个有趣的变化。在参加2006年7月北京构思会的时候，我的身份是“文化总顾问”，但在2007年3月上海构思会之后，我的身份改成了“艺术总顾问”。原因大概是，组委会从我的几次发言中发现了我在文化研究之外的另外一个身份。他们很奇怪我对目前国际间大型演出趋势的熟悉程度，其实那是我的专业。但是说到底，我在这件事情上的主要贡献还在于文化取舍。

去年的北京构思会，是决定艺术方向的“定调会”，非常重要。让我感到轻松的是，这个定调会没有政府部门的官员参加，也没有由谁来传达什么指示。先是美方总导演非常诚恳地表达对中国文化的好奇和无知。他们已经作过一些这方面的准备，问了一些层级不高的问题，例如：中国56个少数民族是不是必须一个不落地全部出现？最能代表中国历史文化的象征符号究竟是什么？上海文化和江南文化的特征是不是又要用那段《茉莉花》来表现？京剧、功夫和旗袍是必须的吗？保留到什么程度才不会损害中国人的审美底线？

针对这些问题，我发表了《有关中国文化的几个审美误区》的长篇发言，认为：一，目前被我们习惯运用、又被国际间熟悉的那几个有关中国文化的审美符号，是中国文化衰落时期（主要是清代和近代）的勉强遗存，不能代表中国文化的基本精神；二，这些符号诱使中国文化走向外在的形式套路，只会让国际社会“猎奇”、“猎艳”而不是感动。特奥会，是中国文化对于全人类人道精神的参与，必须以人性的感动为核心；三，开幕会少不了大场面，但是要体现感动全人类的人道精神，必须有个体性、情节性、细节性的造型亮点，这需要重新探索和创造，不能永远陷落在大规模广场色彩运动的模式里。

陆川导演和我的意见不谋而合。他非常重视“触及心灵深处的感性冲击力”。我们在发言过程中，美方总导演不断点头、微笑，表明这正是他们的意思，由中国人从一开始就解除他们的文化障碍，他们觉得一下子就自由了。

但是，这种自由其实也是一种奋斗的开始。那就是需要全力去寻找一种发自人性和心灵的、是中国更是世界的、能够在庞大的场面中牵动每个人情感的、既美丽又有冲击力的感性动态造型。

这是最艰难的寻找。

余秋雨的发言把所有人的思想统一起来了。

经过多次的商议与磨合，双方终于达成一致，认为开幕式要体现一种“触及心灵深处的感性冲击力”，而不是刻意追求民族理念的与众不同，一切民族元素的运用，目的都是为了表现人道主义精神。同意了要用中国的文化元素，要以特奥的四种精神——勇气、分享、技能、快乐来主导这个开幕式。

大家对这四种精神做了进一步的阐释——

勇气，它体现的是人类精神的力量。不管智力健全与否，人类始终面临着不同的挑战。如果人类不是一次次跌倒后再爬起，面对艰难，知难而进，不断地拼搏与进取，就不会有人类灿烂的文明进程。越是危难之时，人类越需要勇气，它就像梅花一样，总在凌寒时盛开。在最终经受这些考验之后，生命的价值才会得到真正的体现，成就生命的大美。

分享，它要传达给观众的是人类共同的关爱，特奥运动追求的是参与、是快乐，传递的是执著、热情和感动。我们要用欣赏的眼光，分享特奥运动员所代表的全球1.5亿智障人面对美丽生命的诚意，他们像菊花一样，用生命中最大的诚意去盛放自己，以纯洁之心，去把握难得的机遇和美好。因为欣赏和敬重，我们将人类呼唤共荣与共享的声音，与他们生命中最精彩的瞬间结合在一起，共享这个绚丽多彩的世界。

技能，人类通过它来认识自身的潜能，生命有着非凡的韧度，它如同翠竹，在霜雪洗礼中顽强站立，骄傲地活着。一个人要以坦诚和无私去面对困境，以谦逊和无畏去迎接挑战，虚心以待，劲节不屈，时时要求自己，不断寻求提升与进步的可能，释放自己饱含了生命张力的活力和精神，激励世间其他生命去生存与延续。

欢乐，它是我们共同庆祝成功的时刻。人性的精神根植于我们每个人的心中。生命的静美如兰花一样恬淡从容，“气若兰兮长不改，志若兰兮终不移”，在世人眼里，这是完美人格的体现，更是真善美的化身。生命也许注定需要他们直面逆境，对特奥运动员来说，运动即欢乐，参与即胜利。他们乐于与我们一道，分享过程中的喜悦，展示有别于他人的天性和志气。无论一生境遇如何，结果成败与否，让我们一起感受那心中可贵的点滴光芒，感受他们突破自我、超越可能的欢欣，从而让每个生命都能感知世界的爱，去获得成功，迎接未来。

在2007年3月的第二次构思会上，余秋雨还提出了“日出而作”这个主题。他当时觉得应该从中国古典文化中寻找人生哲学，又必须紧扣特奥会的需要。为避免生僻繁琐，便想起了“日出而作，日落而息，逍遥于天地之间而心意自得” 这句话。这在庄子的文本中用过。但这后面半句比较复杂，又与特奥会不贴近。他最后看中的是《击壤歌》的文本："日出而作，日落而息，凿井而饮，耕田而食，帝何力于我哉？"但太长，他就把中间两句删掉了。唐·米歇尔非常喜欢这几句话。接下来的问题是，这里所说的"帝"，是"我"日常劳动生活的对立面，应该是指"上天"、"命运"，但一般人容易误解成"皇帝"。组委会希望他改写成连外国人也能从翻译中一下子就明白的语式，余秋雨就在开幕式举行的前几天改写成了现在的四句："日出而作，日落而息，敢比天命，谁更有力？"这样，就好理解，也押韵了。

有人当时还问余秋雨，是不是选一句儒家或当代名言，更能迎合某种需要？他否定了。他认为首先要切合已经设计的情节情景。再好的东西如果像标语一样硬贴上去，就会搅乱审美气韵。

但大家总觉得这个开幕式还缺少一个重要的东西。

唐说，它需要灵魂。他选择了和谐这个主题。

当他提出"和谐——人类共同的梦想"的时候，所有在场的人都有些不相信自己的耳朵。因为没有任何人跟他提及过。

唐说，他作为一个美国人，他理解的和谐就是诸如阴阳太极这些东西，就是说心气和谐，人才会快乐，人类才能在一起幸福共存。

唐很智慧，他把这个中国的主题上升成为世界的主题。其实，人类怎样在这个世界上和谐共存，的确是人类不得不面对和思考的问题。

他选择这个主题，印证了他的宽广的胸怀，表现了他的大家风范。

大家一致通过。

他接着阐释道，和谐要作为本届特奥会开幕式的主题，放在第一部分。要体现人人都是勇敢者，人人都是胜利者，在和谐社会里，每个人都对社会有用，都能被社会认可和尊重。要通过一致的心跳来反映我们人类要和谐共处，要齐心协力给这些智障人快乐和希望。

在表现人类的心跳时，唐选择了中国的大鼓。

他有些激动地说，开幕式将以《和谐：一致的心跳》开始。当一名特奥运动员以鼓声击出人类心跳的声音时，数千名鼓手与之呼应，共同奏响生命的欢歌。要让所有人认识到，我们生活在同一个世界，共沐阳光和风雨，所以，我们要超越种族、信仰和文化的差异，分享彼此的爱与关怀，徜徉在美好和谐的氛围之中。

唐的话打动了在场的很多人，也获得了热烈的掌声。

唐对中国的大鼓有一些印象，他开始就是简单地喜欢鼓，后来他让中方人员给他找

①②③④练习太极的特写组图
⑤太极合练

了鼓的资料，知道在公元前139年，张骞第一次出使西域时，收集了十多支用兽骨做成的七孔骨笛，并把演奏方法和一首名叫《摩诃兜勒》的乐曲一同带回了长安，把它们交给了宫廷乐师李延年。那充满大漠草原、长河落日和旷野气息的音乐旋律顿时轰动了长安。他根据《摩诃兜勒》的基调又写了二十多首乐曲，其中就有《入关》、《出塞》等流传千年的名曲。这些带有西域风格的乐曲雄浑昂扬，成为当时的军乐，李延年组织了西汉的一支军乐队——“鼓吹”乐队，开创了铁琶铜琵、雄歌劲舞的一代乐风。按照皇帝的圣谕，这些乐曲必须要统率万人以上的将军才能使用。自此以后，鼓在中国文化中演变成了具有很重要的象征意味的乐器，即鼓舞、欢迎之意。唐觉得开场用鼓可以展现向世界开放的中国的风貌，也可以表达热情好客的中国人对四海嘉宾的欢迎。

最后，大家是把它定义成喜气洋洋的、色彩缤纷的视觉盛宴，对整个开幕式的色彩——包括国家领导人出来，包括宣布特奥会开幕的时候是一种什么色彩这些细节都进行了讨论，最后确定中国人喜欢的偏红的色彩要多一点。

唐在我后来的采访中，对他的艺术表现意图作了更清晰的阐释，他说——

我想我已经说过一些关于我在开幕式所使用的一些元素了。是的，我们确实使用了强烈的中国元素以及传统的东西。我们使用了历史中曾经被用来召集集会的鼓。我们也使用了中国的传统用具以及古老用具。

我们尝试了将中国元素现代化而并非呈现其原来的样子。所以举例来说，在“技能”这个篇章，我们在最后两位智障运动员攀爬到的烽火塔的下面创造了一个象征性的中国长城。我们知道我们无法去单纯建造长城的一部分，取而代之的是需要运用一点想象力和艺术手法来实现它。就像对于作为人性互联标志的中国结的改造也是相同的，这在中国文化看来就是我们连接在了一起。我们决定用移动的灯光来表现这个中国结，造就了一个脉动的结并被互相联结的孩子所围绕。我们希望这些涵义在当晚被很好地传达了。

那些花，在舢舨上的智障渔妇，舢板以及龙，这些传达了一部分中国的生活方式：水中泛舟的宁静，跳跃的鱼以及与自然的和谐相处。我们也在“技能”篇章的开头尝试了反映与自然的和谐，诸如使用阴和阳，太极等等。其实在中国文化中，与自然的和谐是生活方式的重要部分。

在“勇气”篇章中，渔妇驾着舢板穿过了宁静的中式风景，鱼儿在跳，鲜花在舢舨旁壮丽地开放，但是在把场景布置为全世界公认的中国元素后，我们还是决定要把这个篇章中关于智障人士在特奥活动中的主要精神——也就是勇气——重新创造。所以

人体烽火台搭建成功

就有了暴风雨来临并威胁着在舢舨上的智障渔妇，她本可以放弃，但她还是留在了暴风雨的中心，并用她的勇气以及毅力与暴风雨作斗争，最后她活了下来，作为奖励，龙给了她一颗珍珠的象征物。这是一个很简单的故事，但是你必须要用这种最简单的方法去诠释，无论你在世界的何方，南美、印度、非洲、欧洲，不管你在哪里，你可以在没有言语翻译的情况下理解这个故事。你要能够通过现场的动作、音乐以及基本元素来看明白这个故事。你不能依靠语言来讲这个故事，因为这个地球上有太多的语言了。

最后，在开幕式的正式演出中，我们看到金龙、由棍棒搭建的长城、翠绿挺拔的竹子、八卦阵型、红灯笼串起中国结。就这样，这些中国人已经非常熟悉的中国元素，在唐的巧妙运用下，激动了所有人的心，最后变成了一个世界需要的东西，重新具有了一种新的光芒，一种新的生命力，演绎出了触动人心的篇章，成了像周太彤副市长所说的“新天地”。开幕式上，那如潮的掌声，兴奋的眼神，观众的激情，给予了制作者最好的赞扬和认可，这也证明了唐·米歇尔更懂得观众的需求，并去迎合他们，他的方式也更为普世，更具世界眼光。

二、信任危机

主题确立，开始正式运作后，中外双方的人才意识到，彼此间的冲突并没有结束。

这并不是说中外双方的合作有什么问题。

顾抒航说，如果把诸多冲突归结起来，其实就是信任危机，可以说所有的冲突都来源于不信任。美方团队对中方团队几乎完全不信任。

这种不信任主要是因为双方没有磨合的时间，假如增加一年时间来磨合，事情会做得顺利一些。这个项目从启动到结束仅一年零两个月时间，而在这过程中，又有这么多事要做，彼此的信任感要很快建立是很难的。在这个彼此不信任的过程中，大家都是靠一种信念和信心在支撑着往前走。

因为是第一次合作，所以从设计服装开始，唐就有好几次对创意团队的人的能力产生过怀疑。如果他在美国做，他就很清楚谁胜任，谁不能胜任。但中国这方面的人才他完全不了解，加之他在美国，所以非常着急。

顾抒航每周要和他通好几次电话，常常一说就是好几个小时，探讨的都是服装、舞美、音乐等方面的问题。

顾抒航觉得这种中外合作模式之所以能够成功，跟现在通信方式的发达有关。这在过去是没有办法做到的。也真是时代走到这一步时，双方才能做这样的事情。因为唐不可能住到中国来，电话上也说不清楚，如果没有视频，单靠传真，这种合作是没法完成的。现在，他们可以电话会议，可以通过视频对话来解决很多问题，头天把图片从中国传到美国，次日北京时间九点左右唐就有回复；七八点在视频上看了，效果如何，就可以确定该怎样改。

唐在美国做这种大型活动时，作为一个总导演、总制作人，不光是管节目，他要管全面，甚至包括制作团队进场和离场的时间、安保怎么管等等都是他的事，他认为在中国也该这样，那就是他必须知道你这个道路的车辆怎么分流，交通如何管制，这样，他们才能知道这五六千群众演员怎么才能按时进场。而在中国这是属于公安局管的事情。公安局对他们说，这些事情不用你管，你也管不着，你把你的节目做好就行了。老外很较真，就问，进入八万人体育场的四个通道里都需要安检吗？公安局回复他们说要安检。他们就说，只有八秒钟时间，演员还要过安检门，我们怎么演出？而每个通道有时候一次要过 500 人，如果安检，那会是什么结果？这会导致演员进不了场！

两名特奥运动员不畏艰险成功攀登长城烽火台

这对于一个导演来说，的确是个很大的问题。好像不沟通是不行的。他们需要一个他们经验中能确保万无一失的解决办法。你对他们说，你不用管这么多，到时我们肯定能解决好的。这样的话他们肯定不相信。其实这是他们不了解中国的国情。

顾抒航夹在中外团队之间，无疑是最痛苦的人。2007年6月12日接近凌晨的时候，就开幕式的问题，她给施德容发了一封“发牢骚”的电子邮件：

关于开幕式的事情，我一直希望能够和你好好沟通一次，但是知道你很忙，很多事情已经不能再拖下去了。以目前开幕式制作的工作状态，老外和老中彼此都想做好，但彼此都没有信任感，根本的原因是分工不明确，界面不清。

一、从上周开始到我今天下午开的会，几乎所有的会开到一半就是拍桌子骂人。我觉得大家应该也是受过很好教育的人，但是问题积压太多，彼此的忍耐极限已经突破了，所以就只有靠骂人来发泄了。而我坐在旁边帮谁都不行，因为他们都把矛头指向我，让我解决矛盾，而没有任何一个问题是我解决得了的。我们一天到晚文来文去，没有人回复，所有的工作都卡着。用老二的话讲，我们头一转，撞到的就是墙。

二、你让我把所有的问题上交，我也可以这样做。但是在你们这个层面上没有一个人参加我们的会议，我每件事情讲一遍，不但时间有问题，我身体也吃不消。我现在讲话讲得嘴唇都发麻，背后都出汗了，真的不夸张，我觉得体力已经透支到没有什么可以支出了。但是一点用都没有。所以我觉得这不是一个行之有效的方法。老外也提出来，是否让可以做决定的人来开会，因为今天离开幕式只有111天，7月1日进场，帐篷搭在哪里也没有批出来，供应商的钱也不知道什么时候可以付，都打爆我电话。没有人拍板，计划都搁置在那里。我们提一个问题要等一个星期才协调的话，根本来不及了。我没有办法进行下去。所有的中外人员都已经筋疲力尽，牢骚满腹，很多人都已经失去信心。也许领导都认为9月份才是出来协调的时候，问题是，到了那时协调已经来不及了。我知道你们现在协调也可以，但是谁来把问题跟协调领导都讲明白？我们面对无休止的漫无边际的会议，和一个永远的问题——是谁最后来决定，是什么时候决定？

……

五、我觉得好像没有人关心我们，没有人在乎我们的感受和面临的困难，更没有人解决我们的问题。我只能帮助和外方沟通，我们需要责任人来解决问题，做决定。如果我这些话现在不说清楚，那我是有责任的。我来盛融其实是从特奥会开始的。这4年里，无论时间、精力和个人生活上付出都很多，相信很多人都和我一样。但是我没有办法对问题视而不见。每天面对问题的人，和偶尔面对问题的人心情一定是不一样的。我着急也没有用，所以我还是把问题说清楚。最后我们这些做开幕式的人都忙得牺牲了，也不表示开幕式就可以做出来了，因为场地、演员、交通、安全、食品卫生、消防等等所有的资源都不是我们的，都是属于要“协调”的范围。那我觉得要根本解决问题就是要有一个行之有效的工作小组机制，所有小组成员来自以上部门，全职来工作，就像组委会或者执委会的格局一样，这个小组的负责人要有足够的资格去搞定所有的事情，就像你一样。否则我不知道下面怎样做。周四Don和David要找我电话会议，我不知道该怎么去告诉他们我们进展如何。所以只能这样来和你沟通了。

导演在做太极练习的动作示范

这是一份有珍贵价值的邮件，它让我们从中感受到了做这件事的艰难。

我后来在采访唐·米歇尔先生时，他对彼此的冲突也并不讳言，他说——

我们成功地组成了一个团队并合作制作了这样一个奥林匹克级别的大型开幕式。总的来说合作很顺利。

是否有冲突？是的，有过冲突。但是你要知道，冲突之后总会出现最好的方法。

中方创意团队给我们留下了深刻的印象。我们的舞蹈编导们，真的是非常了不起。严文龙，我们叫他Moto，我们的舞美设计师，我认为他的设计确实很出色。我们真的觉得跟他合作很愉快。我们的音乐总监等等……我只是就那些我们曾经分享过观点的人们以及有过分歧的人们举个例子。有的时候我们有分歧，但是在这些插曲之外，我们却取得了最好的进步。我认为在我们合作结束后，我们的中方团队也会从我们这里学到一些东西的。

我可以告诉你，毫无疑问我们为了与中国团队合作花了很多工夫，做这样的事好像很辛苦似的，就好像一起处于战争中一般。我们美方团队面对了很多不断朝我们袭来的障碍，我们应付问题——那些无法解决的问题——这个无法解决，那个也不能解决。我们不能完成这个，我们不能完成那个。

这就好像在一起打仗。

但是最后我们还是成为了战友，并且在我们之间形成了很强的纽带。我祝愿这条纽带继续下去，并且我肯定地希望可以再次回到中国来做别的活动。

我必须承认当今世界对中国非常感兴趣。不仅是因为此次的特奥会，更因为接下来的北京2008年奥运会以及将在上海举行的2010年世博会。

因此对于世界各地来说，中国是个具有极大吸引力的地方。

我认为让中国站到前沿来制作具有世界影响力的文化活动的途径还是很多的。

三、顾抒航和大卫的合作

顾抒航的职责是一个执行制作人，她是执行“东家”——提供资金的人的意愿，也

参加排练的河南登封市嵩山少林寺塔沟武术学校的部分学员

①塔沟武术学校学员搭建的长城的特写
②塔沟武术学校学员搭建的长城局部
③一位塔沟武术学校学员的特写

就是在预算的经费里面，怎么把开幕式这件事做得足够好。

开幕式有三个总制作人，即唐·米歇尔、大卫·金博格和施德容。唐大部分时间在美国，施德容负责更高层面上的沟通，所以主要是顾抒航和大卫来管理开幕式的所有事情。

他们的合作曾有过很不愉快的时候，但很快就变得非常一致，因为两人都有各自的团队在这里合作，去实施所有的事情，所以双方变成了利益共同体——两人都不想超预算，都想做出很好的东西来，都希望利益能够最大化。所以他们作为制作人去实施的方式都是非常一致的，他们后来的合作就非常好。

美国人大卫往往以自我为中心，好像美国人都是最重要的，永远都是这样。大卫和顾抒航一样，要去管钱，管一些很具体的事情，所以很多时候都顾不上去想那些很崇高的东西，只能去想那些很现实的细节。甚至两人都到了像在菜市场买菜一样讨价还价的地步。几乎每天都必须如此，这是没有办法的事，因为100块钱你要做130块钱的事儿出来，就必须斤斤计较。

美国人总觉得中国人没有经验，没有做过这类活动，什么也不懂。开始的确如此，但很多中国人悟性高，学得快，很快就进入状态了。在这方面，老外不得不刮目相看。

大卫就经常对唐说，Mary 真正到了都可以去美国做制作人这样一个境界了。

其实顾抒航并不认为制作这个领域有多少深奥的东西，她觉得做任何事情就是一个悟性的问题，就看你能否很快学会你不会的东西，然后把你的优势发挥出来。它其实就是一种技能，只要用功，都可学会。

施德容和顾抒航真正得到外方团队的尊重，还在于他们做事非常有原则。

到了2007年5月，顾抒航帮助大卫把中国的预算做出来了。在此之前，这个预算是一个非常大的挑战，一直没有做出来，这是因为很多东西在不断地变化，中美两国的很多东西是不一样的。在中国团队里面，很多人只能做属于他们的那一部分预算，要把整个预算做出来非常难。这个预算顾抒航以前从来没有做过，是一个非常复杂、庞杂的预算。最后，她把他们认为最难的部分做出来了，拼成了一个整体。事后证明这个预算是非常准确的。这是美方团队第一次认识到中方团队能做他们以前从来没有做过的事情，并且能够做好。

另一个方面，顾抒航虽然对艺术没有很深的研究，但她很关心这个行业的信息。她也知道这样一个开幕式什么样的东西可以用，什么样的东西不可以用，什么样的东西用了之后是可以出彩的。最后，在这一方面就连唐也会经常咨询她，会非常尊重她的意见。事实证明，到最后双方都同意的东西，恰恰是观众最喜欢的。所以，唐认为顾

着古装的鼓手

抒航是一个敏感度很高的人。

四、他们看到了中国人的美德

而让外方团队彻底觉得顾抒航是一个真正值得尊重的人，是有一件事打动了他们，而这是由于中国人的一种美德。

就是到了2007年9月份的时候，技术制作团队的技术总监、犹太人莫·莫里森生了病，病得非常严重，差点把性命都丢了。

大鼓

开头他只是觉得不舒服，就去了医院。顾抒航自己也病倒过，所以觉得他去医院看看病也是很正常的事。那天晚上，唐就跟她说了，说莫病了，你是否可以问一下到底是怎么一回事儿。她答应了。

美国人害怕在中国生病，就像中国人去了美国生病，心里也会没底一样。

顾抒航先让秘书去医院了解情况。秘书去后打电话告诉顾抒航，说莫里森的病比想象的严重得多。

第二天，顾抒航有一个非常重要的会议需要做大量的准备工作，但她还是决定先去医院看一下莫究竟怎么样。她到医院看望后，觉得莫的病情很严重。莫发着高烧，整个人缩成一团，在床上不停地发抖。因为他以前就做过手术，所以医生建议先把他的高烧控制住，再看下一步怎么做。

顾抒航听了医生的建议，决定等莫的发烧控制住后，再让SOS的飞机把他接回美国，到洛杉矶做手术。那样，有家人照顾他，也有他熟悉的医生，特奥会买的保险刚好也可提供这方面的服务。当天晚上，顾抒航把保险公司的人也叫来了。等到深夜一点多的时候，莫的烧退到了37度多。医生就对顾抒航说，你先回去休息，明天早上再作决定，看究竟是回美国、还是到香港做手术。

回到家里，已是凌晨两点了，顾抒航才想起自己一天没有吃东西。她做了一碗汤，喝了后，一看手机，就一个小时，上面竟有15个未接电话。其中有一个是特奥会执委会副秘书长打来的，让她赶快去医院，说莫不行了，需要马上做手术。

她穿上衣服就往医院跑，她一边跑，一边跟医院打电话联系。紧接着她又给大卫打电话，让他赶紧去医院。到了医院，医生对她说，现在马上给他做手术，一刻都不能等，一等就可能出大问题。

她看着莫，对他说，我会一直等你出院，你放心吧，你不会有任何问题的。

莫非常感动。

顾抒航就在那里一直等到莫做完手术。当时已是清晨六点钟。

顾抒航回家喘了一口气，到了上午九点钟，又赶到医院去看望莫。看到她，莫感动得掉泪了。

事后，唐·米歇尔给她打电话，说简直不敢相信她会一直等到莫的手术做完才回家。按照美国人做事的习惯，他们认为，她并没有必要去这么做。

但这在中国则是很正常的事。这件事在外国人中引起了不小的反响，顾抒航回到体育场上班的时候，所有的外国人都在说这件事情，觉得中国人真的是不一样。他们体会到了东方式的人情的温暖。有一个老外就在私下里说她是"一位能干而优雅的中国女士"，称赞她身上有"迷人的东方的美"。

顾抒航天天去看望莫，像他的朋友，也像他的亲人，直到他回到美国。

在美国，莫到我们的团队来做事，属于买卖的甲方乙方，他在这里生病，是他自己的事，如果他有保险，还有保险公司的事。所以他们团队里面几乎没有人去看过他。

这件事使外国人对中国人的认识和敬重上升了一层。这是一种质的转变。到最后，唐和大卫都说，假如以后还有机会来中国做事，顾抒航女士和施德容先生不参与，即使再赚钱的业务，他们也绝对是不接的。

第五章

不得不面临的挑战

一、难题不断的场馆

上海的体育场馆很多，设施也是一流的，不可能、也没有必要为了2007年特奥会修建新的、专门的场馆。但为了举办特奥会，上海市政府从2006年5月起，对包括四个表演场馆在内的30多个场馆进行了维修改造。通过现场验证和制定方案，基本上是以小型维修、中等程度的改造扩建为主，其中最重要的部分就是无障碍设施的改造。

由于特奥会有着不同于一般体育赛事的特殊性，既要适应于国际场馆的基本要求，还要体现在无障碍设施上，所以，特奥场馆设施建设体现了以人为本的理念，处处体现了为残疾人考虑的人性化设计。改进和提升场馆为智障人士、残疾人服务保障功能，以满足赛事需求。比如卫生间，特奥会的标准是要有符合规范要求的专用卫生设备，具体要求包括在洗手台设置易扶把手、不能使用可移动的尖锐物品等，这是与其他体育赛事不同的地方。

上海体育场是特奥会开幕式会场和田径赛场，经过改造后，球场草坪周围铺上了最新的高分子塑胶跑道，安装了8万多张新型座椅。这种新型座椅采用了加厚的软性材料，观众起立时，自动翻起的座椅不会发出响声。

但这些体育场馆分属不同的单位，有些甚至承包给了公司经营管理。这其实也无可厚非，不这样做，政府就要掏一大笔钱来管理维护。

对于特奥会开幕式来说，这就出现了一个问题，也就是说，它不能像北京奥运会那样有专门的场馆，比如张艺谋制作开幕式要用场馆，这个场馆就属于他使用，至于场馆该怎么维持，那要等奥运会结束之后再做决定。特奥会开幕式使用的八万人体育场是租用的，你在别人的地皮上做事，很多事情都要征得出租方的允许，这是外方总制作人非常不习惯的一个地方。五六千人参与表演的开幕式，肯定需要很多的空间。如果是奥运会，一年之前可能就把周围的场地都腾出来了。可八万人体育场周围都是酒店、商店、饭店，别人早就租用了，都是不能停业的。演员没地方安置，顾抒航想了

①空空如也的八万人体育场一片寂静
②③④民工在八万人体育场里劳作

很多办法，最后只能搭帐篷。这么多人，帐篷一搭，白花花一片，像个野战兵营。

但帐篷也不能随便搭，每搭一个帐篷都要去给城管解释，搭这个帐篷有什么用，要用多久等等，每次都得给他们解释半天。

有一次，唐·米歇尔对体育场的有关负责人说，我有一个仪式台，开幕式主持、升旗仪式、点燃圣火、市长致辞都要在那里进行。

那位负责人说，体育场里面原来有三根旗杆，升旗仪式就在那里进行。

唐说，我们不在那个地方搭建仪式台，你那三根旗杆要拿掉。

对方就跳起来了，说，你为什么要动我的旗杆？

唐说，不为什么，我的仪式台在这里，不在那里，我不需要那三根旗杆。

对方就问，为什么你的仪式台不能放到我的旗杆这里来？

唐就给他解释，说，你有旗杆的那个地方角度不对，航拍的时候拍不到，电视转播的时候就会有麻烦。

唐这一点比较好，他很有耐心。按说他根本没有必要解释，对方是提供服务的，唐需要什么对方就得提供什么。

对方说，不行，我们这个旗杆是拆不掉的。

最后，大卫就讲了一句非常经典的话，说，这个世界上没有拆不掉的东西，造东西困难，拆东西全都是容易的，就看你愿不愿意拆。

但那三根旗杆还是不让拆。直到后来开协调会的时候，唐就对上海市政府的一位副秘书长说，那三根旗杆体育场要留也可以，但它们留在那里，到时候所有的人就会问，那三根东西杵在那里是干什么的。我每一样东西的存在都有它的目的，它的功能，它的作用，那三根东西从开始到结束都没有用过，如果有人来问我，我都会让他们来找副秘书长先生，请你跟他们解释。

那场会开完后，场地方就把三根旗杆移掉了。

这样一件普通事情，居然花了很多的力气。然而诸如此类的事情实在是太多了。

顾抒航后来一说起场地，表情就很复杂，她说，现在讲起来就是几句话，但在当时那个节骨眼上真是非常痛苦的。守在那个地方，却什么都做不了！

我读过一些顾抒航写给场馆的邮件，我觉得以她的个性来讲，如果不是为了特奥会开幕式，她此生绝不可能这么小心地、低声下气地求人。

顾抒航说是不是值得她也不知道。她很无奈地说，对她来说，这可能也是一种经历，但是一种非常折腾人的、谁也不愿意经历的经历。

二、资金是个大问题

做任何事情，资金总是最关键的因素。这对特奥会开幕式来说，更是如此。因为国际特奥会有一个规定，在申办特奥会时，申办城市就要承诺，政府最多只能出20%的资金，其余资金需要靠募捐来解决。

当时施德容请唐来做开幕式的时候，就存在资金这个问题。唐是一个做奥运会开幕式的导演，他没有干过小活，干的都是大活，花五六百万美金的东西他肯定不会来做的。所以施德容和顾抒航一开始就和他们讨论过这个问题，请他这样一个班底来，开幕式总共要花多少钱？

唐回答得很巧妙。他交给了他们这样一份东西——他说，过去做一个特奥会开幕式在美国大概是400万到500万美金，他们曾经做过的亚特兰大奥运会开、闭幕式是3500万美金，悉尼是2500万美金，盐湖城是2950万美金，那都是1996年和好几年前的价格，现在的物价、人力等都不一样了，所以他们说，做上海特奥会这样一个至少过得去的开幕式，至少要1000万美金；如果要让人感觉有一定的震撼力，那一定要1500万美金。但他强调一点，说这个数字都是他们基于对中国完全不了解的情况下估算出来的。

在很多地方，做这样的事都是高度市场化的。张晓海曾举例说，他2007年去澳门做亚洲室内体操运动会开幕式，全都是市场化运作，你搭一个台，是多少钱就得付多少钱，其他所有东西，比如流动厕所等都是要花钱去租的，澳门特区政府决不会动用行政资源来给你解决什么问题。

还有就是志愿者和群众演员的费用，虽然发放给个人都不是大钱，但整个开幕式要用七八千人——差不多一个野战师的编制，好几个月时间花销下来，也需要一大笔钱。比如说群众演员，他们是很辛苦的，在这么酷热的天气里排演，一天给他50元人民币的交通补助，这是一点也不为过的。在国外也有付少量费用的志愿者，但这只是少数，更多的群众演员都是完全自愿的，他们一分钱也不要。我们的国情不一样，志愿者绝大多数是学生，他们还是消费者，没有任何收入来源，不可能让父母给他们掏钱来做志愿者，所以这些群众演员再加上志愿者，就得适当给一些补助。

这次开幕式看起来花费比以往的活动高，高在什么地方呢？第一，设计理念和目标是要让所有的特奥运动员都坐在内场看开幕式，不这样做，就可以有一个便宜的做法，就是把对面的看台全变成舞台，大家都面对那个舞台去看，但这样的话，坐在最后一排的运动员是看不到上面的表演的，没有近距离的接触。第二，由于要让特奥运动员在四面八方都可以看到演出，资金的开支主要是舞台、灯光、舞美等方面，其中最贵的是灯光。八万人体育场很大，“8”字形表演空间的舞台非常大，要花掉很多钱。这么大一个舞台，要用灯光把它全部照亮，追光也要从这个通道打到对面那个通道，需要很好的设备才能做到。再譬如做海浪的时候，全场要有蓝色效果，要朝霞的时候，全场要有玫瑰红的效果，所以需要各种各样的灯光。我国国内目前还没有这样的设备，就因为这个灯光和这个舞台，开幕式的成本一下子就窜上去了。尽管开幕式的预算是经过市政府同意的，但是资金不到位，这使得顾抒航的工作难以进行下去。有段时间，外国人和中国人都认为开幕式制作公司不但经费紧张，而且到位慢。尤其是外方团队，每次开会都要提出中方不及时付钱的问题。

这个问题常常使中外团队合作不下去。

鲍比·狄更森是全球娱乐行业最富盛誉的灯光师之一，他是1996年亚特兰大奥运会的开幕式和闭幕式、2002年盐湖城冬奥会的开幕式和闭幕式、2004年雅典奥运会开幕式和闭幕式的灯光设计师，这将他的成就推到了最辉煌的顶点。他曾参与的工作还包括每年美国的托尼奖、格莱美奖、艾美奖、日间艾美奖和奥斯卡奖等颁奖典礼的灯光设计，以及七届“超级碗”杯橄榄球赛中场秀表演、Net Aid音乐会和肯尼迪荣誉奖的转播工作。他还曾为老鹰乐队、佛利伍麦克合唱团、滚石乐队、U2乐队、超级男孩组合、席琳·迪翁、瑞奇·马丁、克丽丝汀·阿奎那、雪儿、比利乔、尔顿·约翰和芭芭拉·史翠珊的电视音乐节目做过灯光设计。2005年5月，鲍比被Carnegie Mellon大学授予荣誉美术博士学位。在他30年的职业生涯中，获得了包括14项艾美奖在内的无数奖项。2007年，他承担了电影金球奖、格莱美奖和奥斯卡奖颁奖典礼的灯光设计及该年度“超级碗”杯橄榄球赛中场秀转播等大型活动。要说上海特奥会开幕式能请他来做首席灯光师，并非容易。

最先决定用他要追溯到2006年10月，在涉及灯光设计的时候，唐非常希望用他。鲍比自己也希望有机会到中国来做一个活，当时他随唐来中国考察的时候，一看到上海八万人体育场这个场地，就说它跟雅典差不多，而且从体育场这一边到那一边要通过追光灯照亮的话，对灯的型号和电力的要求非常高。问题是雅典奥运会的灯光用了3000多万美金。

唐听了这个价格，当天晚上就吃不下饭了。他说，光灯光就需要这么多钱，我们是没法做到的，我们总共也没有这么多钱。

施德容和顾抒航也认为，这笔资金对他们来说，是一个非常大的压力，是很难募集

设计灯光方案的灯光师们

到的。顾抒航说，这个创意就像你去买一件衣服，你看上了这件衣服，天天就在想这件衣服，也知道自己穿上这件衣服一定很好看，但这件衣服是8000元人民币，而我们只有1000块钱。你这点钱是没有办法把那件衣服穿到自己身上的。

这件高档的衣服穿不起，大家就想着看能否找到一件价廉物美的来代替。为此，顾抒航为灯光做了不少工作，包括去国内做灯光设计的很多公司调研，但调研的结果是令人绝望的——把所有中国灯光供应商的灯全部拿出来给特奥会开幕式用都不够。这是个什么概念呢？中国著名的灯光师刘文豪一直是做央视的大节目的，他一听就傻眼了，他说，那就只有把中国所有的灯都集中起来，再进口一部分，看是否可以解决这个问题。

这也是可行的办法，但操作上就会产生一个很大的问题，因为这些灯是从20多家中国供应商那里集中起来的，每家供应商的灯的型号、功率、接口、电压等等都不一样。那么，你只有把20多家供应商的灯光操控人员都请来，再让外国人鲍比·狄更森来指挥这20多个操控人员。你怎么指挥？鲍比顿时觉得这事儿没法做了。

这时候，唐·米歇尔在万般无奈的情况下就提出来了，说，如果我们真的没那么多钱，进口不了这么多灯的话，这个开幕式我们干脆换一种做法，那就是白天来做，不要这些灯了。没有灯光我们也可以把这个开幕式做好。说罢，他又不无惋惜地说，大家都付出了这么多努力，真要做一个白天的开幕式还是很离谱的，我想，谁都不愿意走到那条道上去。

后来，唐、鲍比和其他美国主创人员在洛杉矶紧急地开了一次会。在这次会上，鲍比提出两点意见：第一，我免费为这次灯光做设计，我现在设计的这个灯光效果，如果你们因为资金原因决定不用国外的设备，甚至你们觉得可以找中国人操控的话，我所有的知识产权都送给你们；第二，如果是我来做这个开幕式的灯光设计师的话，我希望灯光是进口的，希望使用雅典奥运会的这些灯光供应商，这些设备真正是一流的，全世界只有四到五家，奥运会的所有的灯光都是他们提供的，我希望跟他们合作，而不是跟20多家中国公司合作，我来做，我希望就是这样一个选择。这不是因为别的，一是中国国内的大多数灯光设备达不到我们的要求；二是语言的问题，这是一个很大的问题，我发出指令，再通过一个翻译的环节，或者说他们有什么请求时，要通过翻译翻给我，这中间就要出很多问题，我不能保证把它做好。当然，我也可以选择三分之一或四分之一的质量没有问题的中国灯光设备。如果你们同意从国外租赁灯光设备，价格我去谈。

“和谐——一致的心跳”排练场面

在场的人听了他的话后都非常感动，觉得他的确是想把这件事做成世界一流。

施德容和顾抒航当时就确定了一个原则，灯光设备可以从国外进口，同意鲍比去谈一个价格。话虽这么说，但他们心里却没底，不知道他谈出来的是2000万美金，还是1000万美金。如果是这个价格，这个资金仍然是没法解决的。

顾抒航心里非常不安，可以说是如坐针毡，虽说是2007年五一长假，但她一天也没有休息，天天就这件事和美方通电话。

在中国，做一次活动灯光一般用到400万元人民币，就是一个非常大的项目了，就可能是中国历史上最大的户外活动了。但特奥会开幕式的灯光如果不以价格来计算，就用数量来计算的话，也是那个项目的20倍。

灯光、音响、服装、舞美是一个开幕式成功与否的关键要素，服装、舞美是软件，灯光、音响是硬件，而最花钱也最能出效果的就是灯光和音响。

我在排演现场采访时听到的音响就很好了，但顾抒航告诉我，那种音响只有正式演出时使用的音响效果的1%，那是花30万人民币租的，排练的这几个月都用它。正式演出的音响要比这复杂得多——安置在什么位置、每个音响的角度是多少，都要精心设计。

上海特奥会开幕式的音响设计师是全球赫赫有名的派屈克·博茨尔（Patrick Baltzell），他参与过1996年亚特兰大奥运会和2002年盐湖城冬奥会开幕式和闭幕式的音效设计，有9次格莱美奖、15次艾美奖、17次奥斯卡奖颁奖典礼的音效也是他设计的；他还为《加勒比海盗》、《赛车总动员》、《狮子王》和《鲨鱼黑帮》等多部影片设计了主题音乐。他曾获得3次艾美奖和1次电影音乐协会奖。

可以说，上海特奥会请唐来，就是想把这次开幕式做成世界一流的。而唐的想法是，如果这个开幕式做不成世界一流的，他也不会做。所以，他动用了他最顶尖的人才资源，把全世界的大腕云集于麾下。

外方团队做事，到最后不仅仅是钱的问题，还有名声问题。如果他们做出来的东西全世界都会骂，他们宁愿放弃不做。

最后，鲍比把所有的灯光供应商召集起来，他首先强调说这是特奥会，希望供应商能把价格降到最低；他还承诺，如果他下次做奥运会的开闭幕式，一定用他们的设备；他未来几年的格莱美奖、奥斯卡奖的颁奖典礼也都用他们的设备。但这一次，请他们网开一面。会后，供应商就把价格报给了鲍比，出人意料的是最后报价只有雅典的六分之一，而提供的设备跟它是差不多的。

上海特奥会开幕式所用的200多位外方工作人员都做过非常大型的活动，有很多工程师多次参与过奥运会开、闭幕式的制作。他们一致认为，鲍比为上海特奥会开幕式设计和制作出的灯光效果仅次于雅典奥运会，绝对是世界一流的，他用的灯比悉尼奥运会开幕式都要多得多，但一听价格比悉尼奥运会便宜那么多，大家都弄不明白是什么原因。

鲍比作出的灯光效果在这场视觉盛宴中，具有浓墨重彩的作用。

他对灯光的要求是，你要有独轮车这个道具，那么车轮上的每一根钢丝要全都是黑色，不然，灯光打上去，银色的钢丝就会反光；就是舞台底部防爆沟的灯光他都有严格的要求。他对自己的要求就是这样专业，因为只有这样，才能把美做到极限。这么大一个舞台，他把每个微小的细节都注意到了。

在《勇气：人类精神的力量》这场表演中，渔妇跟暴风雨搏斗，要用蓝色的道具做出惊涛骇浪的大海，灯光要做出电闪雷鸣的效果，上海文广传媒和央视的专家一听，就说这是灯光运用的极品，要做出这样的灯光效果，不花很多钱是办不到的。

三、中国式的问题和办法

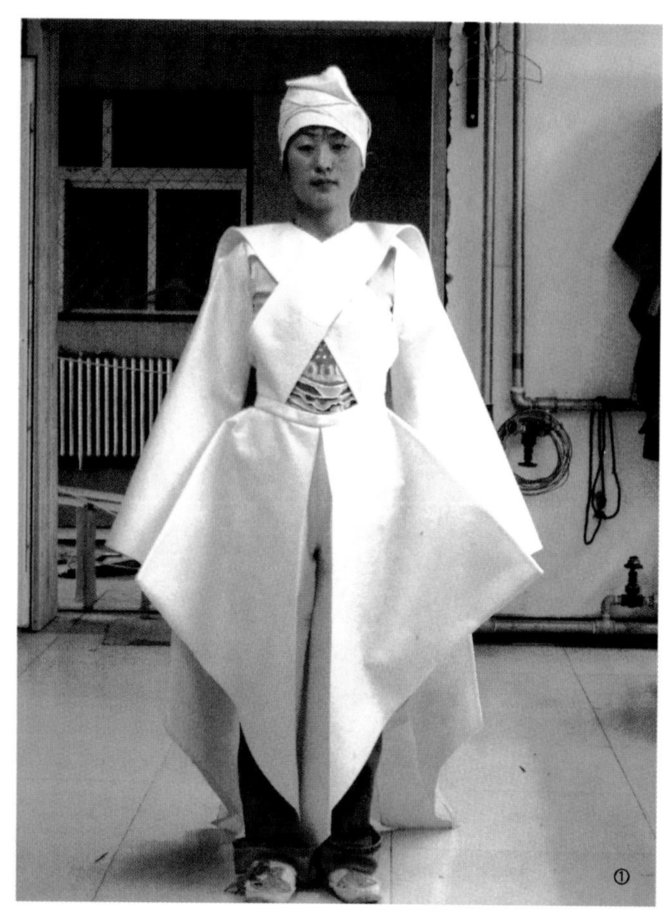

①服装设计师在试装
②服装设计师在设计服装方案

对这场开幕式的制作人来说，施德容和顾抒航还要面对一个挑战，那就是“没有见到过的不能做，没有做过的不能做，没有论证过的不能做”，而整个特奥会，在中国都是第一次做。所以这个挑战一直伴随着他们。

开幕式要花的所有钱，对于供应商来讲，10月2日是最后的结点，在这天要全部结清，因为开幕式结束后，这个机构就解散了。他们如果在解散之前没有拿到钱，他们就再也没地方去要了。这和买个房子有个固定资产在手里你可以去追讨不一样，到时这些人散到全国各地，你人都可能找不到。所以，10月2日前这个钱是要付完的。

就拿服装来说，开幕式的服装制作单位是做电影《卧虎藏龙》和《满城尽带黄金甲》的戏服的工厂，这家工厂在北京，签约的时候，执委会的人就提出所有的服装必须是开幕式结束之后才付款，厂家一听就不干了，说他们制作的那批衣服又不是拿到商店里面去卖的，即使不付钱，服装还是他们的，而开幕式的服装都是一次性的，它是为开幕式表演专门制作的，这个特奥会开幕式用过的东西，别人再也不会用了，如果用，那是没有水平的表现。

每个人都在要求特奥会开幕式要做到万无一失，这也是施德容和顾抒航碰到的最大的问题，世界上没有万无一失的事情，只能说发生了问题之后，你的预案是什么，这个预案是不是最有效的。如果说你要把这个风险化为零，全世界没有这样的事。所以话虽这么说，其实谁也不敢保证，谁能保证做到万无一失呢？但他们遇到的问题，就是要他们作出保证。

有人担心下雨的话，那些灯怎么办？灯光设计师就全部做了防水处理，也就是说，给每盏灯都做了雨衣，套在灯上面，保证了下雨不会出现任何问题。体育场管理方认为，开幕式有国家领导人、外国元首和外国嘉宾参加，不能让灯泡掉下来，虽然这种可能性几乎是没有的，但场方坚持要施德容和顾抒航采取措施，没有办法，最后他们费了很大的力气，在主席台的灯架上重新做了一圈防护装置。

体育场还要他们保证烟火不会掉下来，顾抒航只能告诉他们，请来的是世界一流的烟火师，他们的技术是全世界最先进的，烟火是美国进口的。你要我保证烟火不会掉下来，这个说法本身就没有科学依据。你要我写下100%不出问题的保证，我怎么能写呢？

在讨论烟火掉下来会不会砸到车子的问题时，施德容就说，万一砸坏了车我们赔。他们说有你这句话就行了。

很多说法都是没有任何根据的，但这种事太耗人了，这样的话，怎么还能做事呢？

最后，公安局的负责人说话了，说样样都没什么风险，还要我们这些公安干什么？我们公安来了就是解决风险怎么预防、化解的问题。

这些事情是让施德容和顾抒航感到最痛苦的。

这次开幕式仅灯光就有60多个集装箱，顾抒航要用车把这些东西运进去，但体育场管理方不同意，他们说这样有可能把体育场的地面弄坏，要顾抒航请民工用人力从体育场外往体育馆里搬。如果这样做，就要花很多的时间。因为有200多个外国人在那里工作，每一天的工资非常高，如果用人力去搬，工期拖长的话，就是极大的浪费。

这只是一个很简单的例子，施德容和顾抒航每天碰到的事情绝大多数都属于这一种。在西方做这样的大型活动也有一个组委会，像亚特兰大奥运会组委会成员里面就有亚特兰大市长、佐治亚州州长，但他们的运作都是严格市场化的。

在这次开幕式的中外合作中，跟老外一过磨合期，就很好合作了，不需要花太多的精力，很大一部分精力都是花在与国内有关部门的协调上。

所有难办的事情，都由施德容和顾抒航出面，想尽办法搞定，同时尽可能不让外方参与，如果让他们参与的话，他们的工作情绪会受到影响，甚至无法做事。

有一次，唐就跟顾抒航说，他有认识的人在北京奥组委做事，那里跟我们一年前是一样的状态，很多东西都是在探索阶段，怎样合作，钱怎么付，合同怎么签，也出现了各种各样的问题。然后，唐就说，还好还好，我在上海还从来没有碰到这样的问题，估计施德容先生和你都帮我们解决了，如果这些问题让我们来做的话，也是挺可怕的事儿。顾抒航当时只是优雅地朝他笑了笑。

离开唐，顾抒航就跟施德容说，做这件事真的是很难，她有时候去开会，看到有些人为一点小事就莫名其妙地在发火，她就想，你那点事儿，在我那儿连个针尖都算不上。

顾抒航生病的时候，张晓海还跟她开玩笑，说，你没见过大世面啊，就那么一点事儿就急出病来了。她当时真有些哭笑不得，真想大哭一场。

她后来分析道，困难其实就是这么来的，信任啊，合作的基础啊，对问题的认识角度不一样，就产生了各种问题。但是在中国，一旦领导有力，思想统一了，很多事情就能很快办好。的确，在当代中国，最令外国人瞩目的当属“中国速度”，难怪唐有一天对周太彤副市长如此说，在美国排演不可能采取军队一样的管理方法，这个太有效率了！

顾抒航从唐的话里认识到，所有的东西都是有利有弊的。像美国那里参加的全是志愿者，管理上肯定是松散的。美国人说，群众演员到了以后，从签到、报到、发东西到排练要一个小时，我们说这里不需要这么多时间，最多只需要半个小时。开始他们无论如何不相信，后来他们知道了：参加大型活动，中国人大多是团体行为，华东师大的巴士车队一过来，他们就全部到位了；武警总队“哗”一下，也是那样。在美国，可能是每个人开着私家车过来，这是不一样的。

唐其实是知道施德容和顾抒航为这个开幕式、为双方成功合作所付出的一切的，他回到美国后，在回答我的采访时说：“我们乐于去做感动他人的事情，我们也乐于去做些造成影响的事情。现在在电视上做这些事已经越来越有难度，但是我们感到通过此次的2007世界夏季特殊奥林匹克运动会开幕式，能够在这个方向上迈开一步。我想说施德容博士以及顾抒航女士是最应受此荣誉的人，因为在我们一次又一次遇到阻碍时，他们向我们展示了他们的勇气，帮助我们渡过所有难关以及带领我们突破所有遇到的困难。他们在面对许多困难的情况下，对于此次活动的贡献和投入给了我们很大的激励。”

“中国结”表演是由宫灯拼成的

四、无数的协调会

为了开幕式，施德容和顾抒航开了无数的协调会。因为他们面对的是一个经营了几十年的老做法。一般来讲，搞这么大一个活动，至少需要6到7万平方米的一个场地。但他们连2万平方米都没有，最后只好搭了很多临时帐篷。八万人体育场靠近市中心，周围很多场地和空间都作了商业用途，没有空余场地，最后只能搭帐篷解决问题。由于场地非常紧张，排练节目的地方没有，吃饭休息的地方没有，堆放工具道具的地方没有，停车卸货的地方没有……这都是非常具体的问题。

所以，顾抒航的很多精力都花在解决场地不够的问题上，而不是花在艺术创作和节目制作上。其次，还有人力不够的问题。这个开幕式需要很多群众演员，从学校征招志愿者的时候，一开始就遇到了瓶颈问题，最典型的事件发生在一个大学（这里姑且称为“某某大学”）里。6月14日，执行制作人王康宏，舞蹈总监张弋、刘小荷和开幕式节目顾问杰夫·贝尼特（Geoff Bennett）组成的导演组前往这个大学挑选400名学生群众演员。按照事先教委和某某大学的安排，应该有400名学生参加，同时事先配好录音机等。但导演组抵达后稀稀拉拉的只有200多名学生到场，而且什么设备都没有准备。某某大学团委书记当着学生的面就告诉导演组的人，说他们对这件事没有热情，困难很大，政府没有给他们提供支持。参加的学生普遍反映学校对群众演员招募一事没有任何通知，但他们是挺感兴趣的。知道这个消息的学生是通过自己的网络通知别的同学来参加选拔的。

导演组的人不断告诉某某大学，如果他们有困难应该直接告诉教委，而不应该对我们导演尤其是在外方制作人在场的情况下如此抱怨。整个挑选过程因为没有事先好好安排，人都是零零散散地到来，所以从中午一直进行到下午6点左右才结束。

外方制作人在旁边觉得非常好笑，告诉中方导演组的成员，他们担心明天去华东师大时问题也许会更大。外方的这些话让中方导演组的人非常伤心，但是他们也无言以对。这是他们从来没有想到的情况。他们在老外面前的确感到害臊，觉得颜面扫尽。他们没有想到堂堂某某大学会有这样的所作所为，他们好像不知道自己的言行举止代表的是中国人、上海人的精神文明程度。导演组和中方工作人员都知道某某大学的模特队在上海的各种演出和时装秀的市场上是很活跃的。为什么碰到公益活动，连团委都没有积极性呢？

当晚，中方导演组的王康宏、陶蕾、张弋、于歌、刘岭、韩雨容集体给顾抒航发了一封主题为《不可理喻的某某大学校领导》的邮件——

今天美方节目顾问杰夫和运动员入场制片人与我们按约定到某某大学挑选“运动员入场引导员（200名）”和“白衣女子（100名）”演员，但出师不利：从1：30到5：45，仅到场235名学生，距离预定挑选的学生数字相差165名。

具体情况如下：

周一，朱静电话联系某某（大学）团委书记某某某，商定什么时候、多少人来参加挑选。某某某说，时间定在周三，给400多人供你们挑选，地址是某某某路校本部这边。

周二，朱静再次电话联系某某（大学）团委某老师确认人数，她说只有200多，但还有几个院校未报上来。朱静说人数太少，某某某答应400多人，请尽量给各院校做工作，争取都来参加演员挑选，某老师答应再联系。

周三下午挑选演员现场，团委某老师一人在场，说已通知了200多人，但是否都能来不知道。朱静紧急给（团委书记）某某某电话，某某某说通知了学生不来他没办法。他说他们的工作太辛苦，没有经费，没有加班费，团委没办法工作。某某某明确表示，某某（大学）退出不参加开幕式了。在现场，我们和学生交谈时了解到，学校根本没有在各院校做动员，学生们甚至不知道有特奥挑选演员这回事。更令人费解的是，模特班专业老师公开在班上对学生说："不要参加特奥开幕式，因为要训练2个月，你们都不能回家了。"尽管如此，模特班还是有学生参加了活动。

在我们返回途中，（团委书记）某某某给朱静电话，仍然表示了希望退出开幕式，并请朱静转告组委会，朱静建议他们自己向市政府提出为好，不用转告。

我们一下午的工作感受是，学生们热情很高，并不像团委书记某某某形容的那样。特别是学生会帮助工作的志愿者们和参加演员挑选的学生们，当他们知道今天的情况后，纷纷主动打电话告诉自己的同学，动员同学们来参加特奥演员挑选活动，并的确动员了不少同学来。

经过第一个大学的演员挑选工作，我们的体会是：学生有热情、有积极性，但大学校方阳奉阴违，在政府面前满口答应，什么都可以承诺，但回到学校不仅不主动积极工作，甚至暗中拆台。据我们从某某（大学）内各院校了解，校方根本没有在全校范围内做过任何动员，就连一张公开的海报都没有张贴过。我们，包括中美双方工作人员，为特奥征集演员工作所遇到的这个不正常情况感到不理解。我们，中方人员也为上海某某大学的校领导感到羞耻，我们实在不知道该怎样向美方人员解释。我们不知道这样的校领导能教育出什么样的好学生？

请求领导协调，请强烈要求某某（大学）相关领导作出解释。

这样的事情还很多。开幕式是公司化运作，还有中外、官民、民民之间的大量问题需要协调。没有钱，没有场地，没有人，矛盾还有外方、中方、政府职能部门之间的配合。还有东西要从海关运进来。他们一共签订了几百个合同，由于没有经验可以借鉴，这些合同在签订之前都要去考察，去检验其是否合格，然后再组织竞标。比如说，搭舞台需要2000多万人民币，灯光要几百万美金，都得去考察，都要去竞标，这无疑是很大的挑战。

顾抒航在最前沿，是真正的"前线指挥官"，所以这一点的感受最深。她算得能干，有时候也感觉到很不好协调，这种协调简直可以使她发疯，她会觉得自己非常无能。她觉得自己遇到了一个巨大的、雷打不动的东西，不知道该从何下手。有好几次，她都怒气冲冲地对施德容说，她要辞职不干了！

就在6月14日这一天，她除了某某大学志愿者的事情需要协调外，在给施德容的邮件中，还有如下的问题：

一、公安局开幕式制证：希望他们能够根据外方总制作人提出的建议不要把开幕式工作人员的分类和他们可以进入的区域混淆起来，并提供新的制证建议。

二、从9月26日起对东亚体育文化中心的封闭管理：外方建议从9月26起对整个区域附近的道路进行封闭管理，所有进入东亚区域的人都应该接受安检，店铺也应该关闭。这样做的目的在于，我们9月28日和9月30日的带妆彩排是完全按照10月2日的实战演练的。如果安检警戒线是八万人（体育场）观众出入口和4个通道口的话，所有工作人员和观众都会堵在安检设备口，会有排长队的现象。以往有几次奥运会开幕式带妆彩排时因为忽略了这个问题造成直播信号时间已到，但是观众只到场一半的现象，因为其他人还在外面排队安检。另外，如果在4个通道口工作人员的进出要安检的话，会造成开幕式工作极大的不便。例如，大型道具进场和退场时必须要拆除安检门然后再安装回去。这是没有可操作性的。而且这些道具的进出不光是彩排，将会有多次的试验才能做到演出万无一失。这些道具指的是一条船，尺寸大概有标准40人左右会议桌的10倍大，一条龙，相同的尺寸。另外还会有一些高度很高的道具，我们平时试验时都是在马路上进行的，因为庆余宾馆的屋顶不够高，所以安检门是肯定过不了的。工作人员也不是一个岗位固定不变的，很多人都必须是流动的。如果每次进出都有安检的话，直播根本没法正常进行。所以外方总制作人的建议是把警戒线放到东亚文化中心的外围，进入这个区域就安检，然后只有观众才在检票口安检。工作人员和群众演员都应该在进入警戒线的地方安检，然后可以凭证自由出入。举例，在有一个演出的部分，我们90秒里要有780个鼓手进入舞台各个方向。如果他们背在身上的鼓和人都要安检的话，这个节目就不可能进行。运动员最好在驻地上巴士前安检，然后进入大舞台候场。否则7500名运动员加上陪同人员在10月2日下午大舞台安检的话，会造成拥挤的现象，而且速度太慢。为了增加速度，唯一的办法是增加安检设备，但是大舞台附近也不一定有地方放这么多设备。

三、观众道具包：希望65000个观众道具包在最后装袋封箱前能够在工厂里安检完毕，贴上封条，装到卡车上然后将仓库封掉。货物10月2日凌晨抵达上海体育场，只要封条没被动过，就可以运进场。这一次的观众道具包物品是按照座位特制的，届时演出期间在观众席上颜色、声调和造型都要通过不同的道具来体现。所以装箱是按照观众区域装大箱的。如果到八万人体育场安检，势必要拆箱，因为高

气势雄浑的八万人体育场

度过不了安检设备，可能会造成座位和道具混淆的情况。外方总制作人建议，如果一定要在体育场每个包拆分安检的话，他们建议取消观众道具包。现场气氛和电视转播效果当然会打折扣。

四、运动员入场：除了刚刚建议的运动员入场安检在驻地进行外，外方总制作人不断提醒运动员离开驻地和回到驻地的总长不应该超过7至8小时，所以对有秩序、高效率的进场和退场有很高的要求。我们目前演出是晚上6点开始，9：45分结束。建议运动员是下午4点半至5点到。为了方便，运动员入场总监（雅典奥运会开幕式和多哈亚运会开幕式运动员入场仪式总监）建议把他们的巴士按照国家和地区顺序停在东亚体育文化中心的所有道路旁，留出一条行驶通道让那些上完人的车子开出去，而运动员和随行人员可以在人行道上走。这样可以保证他们及时退场。如果按照现行的方案，让代表团排好队后，车子用对讲机从龙华喊过来，会导致车子和人都堵住的情况。同时，外方强烈建议减少贵宾车辆，以减少交通压力，保证运动员及时退场。他们的建议是除国家领导人外，借鉴其他奥运会开幕式，所有领导和官员都坐面包车进入。建议最后一个表演开始，并且要放烟火时主席台贵宾开始退场，这样烟火燃放完毕运动员可以首先退场。

五、保险：请火速提供保单。德国普光（灯光供应商）已经郑重说明，不见保险保单，他们不敢签约。而灯光如果不订货，我们整个开幕式受到的影响会非同小可。外方总制作人唐和大卫也正式致函，如果7月1日不见保单，他们拒绝前往中国工作，并将已经驻沪外方工作人员调回。

请领导了解我们中外双方的困境。现在所有的人都有抱怨和灰心丧气的感觉，对整个开幕式的进展很不利。要帮助他们解决工作中的实际问题。请理解我们大家都希望能够做一个让中国人、上海人感到骄傲的开幕式的心情。这是开幕式中外双方的心愿。否则我们不会凌晨都还留在办公室里，周末都在加班，外地的工作人员放弃和家人在一起的机会。我们希望我们的付出都是能够看到结果的。

而这些在很早就已提出的问题，有些直到开幕式前夕都还在协调，这就足见协调工作之艰难。顾抒航说，老外还不理解，为什么有些本该他们去做的事都是中国人去交涉啊，其实不是我们想多做事，是不想让他们参与这种冲突，怕尴尬。

施德容去协调会比顾抒航好一些，他毕竟在市民政局当过局长，按他的话说，毕竟还有一个老面子在。但有些事情他也协调不下来，只有去找市政府的秘书长。

施德容面对的矛盾多了，所以经验丰富。他说，面对矛盾，要放得下，想得开，不要因为有些事情不顺利，情绪就一落千丈，什么事情都要能顶得住。因为他知道，第一次在中国办这样大一个规模的开幕式，对这件事懂得也不是太多，没有一个现成的东西可以借鉴，人力资源也很匮乏，能打头阵的就他和顾抒航两个人，本来就不是一件很容易的事。但这件事情没有退路，必须往前走。

当时执委会里的每一个部都有政府相关局的副局长，他们都有自己的人可以干活。施德容是管开幕式的，他没有什么人可用。他虽然领导几个部，但这些部的人从理论上讲只认自己的领导，可以不听他的。有一次开会，施德容就对周副市长说，他就像一个个体户。在这种情况下，很多人是看在施德容的面子上，来帮这个忙的。实在不行，他才会去找政府领导。他说，没有办法，我只有面子，没有权力，他们和我没有任何行政上的隶属关系，他们凭什么听我的呢？所以，我认为我还是用了我很多个人情感上的资源。

他们把70%的时间都用来协调了，如果把精力都放在创作上，开幕式的效果会更好。其实做开幕式这件事情本身并不难，但在协调上浪费的时间太多了。

有一次，老外和安全保卫部的有关负责人争执了6个小时，直争得双方都精疲力尽，后来老外怒气冲冲，非要见施德容。

原来，开幕式会场给每位观众准备了一个道具包，进会场的时候要做安检。老外要具体到这个道具包生产的时候是怎么生产的，生产好后怎么包装，包装的时候怎么安放，做安检的时候怎么走，等等。这个问题也是顾抒航很早就提出过、施德容很早就协调过的，但到了后来，还得去做工作。

老外做事注重细节，而安全保卫部不想和你讨论这么具体的问题，他们也不理解为什么要把一个道具包弄得这么繁琐，这难免要产生争执，关于安检的问题双方吵翻了天。

直到开幕式开完之后，好多人才明白，原来每个道具包都贴有每个座位的编码，这不能搞错，因为座位上的道具的颜色是不一样的，要用这不同的颜色拼出不同的图案，产生出不同的艺术效果。

这个过程要很严密，要花很多人工。

而安全保卫部的人最初这样考虑，道具包你一股脑儿拿进去，每个座位上放一个就行了。他们当时并没有能理解老外的意图。所以，老外急得没有办法。

这就需要安全保卫部了解很多细节。安全保卫部人员说，过安检门时要拆开来安检，老外说不行的，到体育场一拆开来安检，整个就乱套了，请他们到工厂去安检。这对于中国的警察来说，怎么可能呢？

还有一件事，就是老外想知道警卫圈有多大。他们希望大一点，但大了会浪费很多警力，如果警卫圈小了，彩排和演出的当天把演出人员都放在警卫圈外的话，进出都需要安检，这就会带来很多麻烦。这个问题施德容原来也协调过，也考虑了。但老外非得见到文件才放心。安全保卫部认为，你老外怎么能过问我警卫圈的大小呢？

他们所提出的都是这类问题。施德容听完后，只好说，这些事你们不要管。道具包安检的事情你们放心，你们只需把目标设定好，到时包放在那里就可以了，其他的事由我来协调，出了差错我负责；安全圈的大小需要我和公安局的人再作沟通，但我保证会搞定。

在老外和安全保卫部的争执中，最累的当属顾抒航。因为她要在中间做传声筒，真是精疲力尽，她的感觉非常不好，你想啊，他们整整争了6个小时。

其实，安全保卫部这样做也是无可厚非的，因为特奥会开幕式这样的大型活动，有七八万观众在场，有这么多国家的运动员，还有国家元首和外国嘉宾到场，所以它也涉及反恐。这在所有大型活动中，都是一个非常重要的方面。他们要做到万无一失，所以不得有丝毫疏忽。

实事求是地讲，开幕式安保工作难度之大，对于公安局来讲还是头一次碰到。据悉，上海市公安局早就把这项工作列为当年的头等大事，为此还设立了要员警卫组、交通保卫组、证件管理组、应急处置组、消防保卫组等13个工作组，在中央及市委、市政府、公安部的统一组织领导和指挥部署下，在各有关方面的协助配合下，务必确保特奥会开幕式活动在内的所有活动赛事的安全。安全必须是绝对的，也是第一位的任务。特奥会结束后，当时的中共中央政治局委员、书记处书记、国务委员、公安部长周永康签发嘉奖令，对上海市公安局出色完成特奥会的安全保卫工作予以通令嘉奖。上海市公安局获得嘉奖是当之无愧的。

也正是安全原因，特奥会开幕式的门票实行的是实名制，这也惹来了一大堆矛盾。每位观众都要登记姓名、年龄、出生年月、工作单位、家庭地址等个人资料。这对很多中国人来说，关系不大；但对老外来说，他们不愿意提供他们的出生年月和具体的家庭地址，因为这属于他们的隐私。这是一种文化差异。最后，有些人也提供了，实在不愿意提供的，就只好采取担保的形式。比如说是开幕式公司叫来的人，就由公司主管人员签字、担保。

有人认为，很多专业的团队之所以不敢来接特奥会开幕式，不是做不出来，就是怕其中的交涉环节太复杂。

直到临近特奥会开幕，施德容和顾抒航还面临众多需要协调的问题！

这是9月9日凌晨1:08顾抒航发给施德容的邮件：

希望周一至周三召开一系列协调会，将下列问题解决一下，一旦Don抵达后我们将再没有时间处理这些问题，而要集中精力把节目做好，不负众望。

一、场馆在9月20日总合成前必须落实的事情。这些事情以前都讨论过，但是到现在都不置可否。这些事情的协调只要你和李鸣出面就行。

二、关于运动员入场仪式和退场时与高菊兰局长的配合和协调。高菊兰那里参与开幕式接送运动员的工作人员务必要参加我们9月27日、30日的排练。同时他们是否需要制证也要马上讨论。

三、与公安局还有一系列最后需要落实的内容。请看附件。

四、最麻烦的是消防：附件是他们对我们提出的一系列需要整改的问题。基本上市消防局和我们的合作还是比较好的，问题是徐汇分局，他们派了2个人每天全职在我们周围检查。他们的检查标准是基本上只要有一点可能会造成消防问题的，他们都要我们整改，以减轻他们的责任。有很多东西很难说得过去。例如帐篷里面不能充电等。我们也很无所适从。我觉得在领导在场的情况下要沟通一下（此会议需要姚秘书长出面，而且需要徐汇一起参加）。

顾抒航附上了需要与安全保卫部作最后协调的内容：

一、证件的管理。

1．9月27日、30日、10月2日在非演出时清场之前，是否可以恢复使用开幕式的临时工作证，以保证开幕式的演职人员可以畅通到各个地方自由工作。清场后、演出开始后，每个工作人员只能根据证件上规定的区域出入。

2．观众入场后将警戒线放宽到2号停车场，以保证道具和服装的入场，但是还是要解决这些物品进场免过安检门的细节。

3．认可开幕式组在彩排和演出管制期间演职人员的车辆进出路线方案和车辆证件。

二、共同商定在管制期间必须进入体育场的送货车证件和行驶路线，如每天彩排和演出送盒饭的卡车，9月30日半夜开始进入的19辆送观众道具包的卡车，并且将有7辆停放到10月1日将残留物运出场馆区域，送特奥运动员食品的卡车，送观众节目册的卡车。

三、共同商定明星演员近40辆考斯特、别克商务、小车的进出路线和停放地点。

四、认可9月30日和10月2日明星演员从东亚富豪房间（化妆间）到大堂宴会厅（演出前候场间）的路线，以及从东亚富豪到舞台的路线。

五、共同商定10月2日开幕式结束后拆场时需要的卡车停放和24小时进出路线。

没想9日的事情还没有搞定，又来了新的麻烦，次日凌晨0:46，顾抒航只好再次给施德容发邮件：

体育场和安全的内容里面又增加了几条。另外把证件说明再发一次，变成这一个邮件。

附件1：体育场问题，最好明天就能够和李鸣见面。只要您告诉我一个时间，我马上叫他来。这里面的东西因为需要他们在20日前落实，需要时间的，所以要明天见面。

附件2：运动员入场仪式问题，最好也是不超过周二就和高菊兰见面。她的任务很艰巨，其实我们也可以配合她，但是要及早沟通。我们运动员入场仪式的排练已经全部结束，有些可惜，她没能派人来参加，包括今天的紧急医疗疏散排练。

附件3：安全保卫的会议，建议姚明宝秘书长一起来，同时也很着急，因为道具和服装按照现在的警戒线和安检门，进场之前要过安检门，此事不可行。同时，30日和2日那么多群众演员的进出包括车辆路线要定下来，否则我们的方案没法落实。

附件4：消防局的会议，也建议姚明宝秘书长出席。徐汇区消防局出题目出得很厉害，我们无所适从。表面看都有道理，实际上没人做得到。

期待回复。

施德容认为，国际上这种商业化的文化体育活动跟我们过去传统的文化体育活动相比，有很多东西值得学习。中国在这方面刚刚起步，其成长过程中的矛盾痛苦还会很多。这主要是中国在文化体育产业的市场化方面还没有深入改革有关。比如说特奥会开幕式，这不是一个纯粹的商业行为，是在为国家做事，事关国家和上海的声誉，但有关部门并不配合或不懂配合，你要得到他们的支持，只有费力去协调。

但没人做过的事情总得有人去做，做过之后就会有经验了，这就像施德容开始做黄金大赛一样。他把国外的模式搬到中国，开始也是一点也不懂得怎么合作，但现在，他们都可以拿到欧洲、美国去办了。

施德容举例说，20世纪80年代初他所在的卢湾区造高层建筑，十几层、二十几层的高楼都不会造。那时一个建筑队五天造一层，就觉得快得不得了，经过学习，现在就是一百多层的高楼都会造了。当然，这个过程有时是很痛苦的。但没有痛苦就不可能进步。

第六章

艰难的制作

一、制作部的工作可谓千头万绪

制作人王琮祺

王琮祺在上海电视台也是做综艺节目的导演，担任过文艺中心主任，做过管理上的工作，有丰富的做大型活动的经历。所以施德容和顾抒航请他来负责后勤制作这个非常重要的工作，担任制作部主任。

节目部主要以节目排练为主，制作部主要以保障排练为主。这是他们两个制作人的分工。外方那边是整合性的，具体执行的还是中方——这包括节目的编舞、编排、道具、服装等。

说白了，王琮祺管的都是吃喝拉撒睡，制作部下面设有安保部，负责整个安全保障，包括证件的制作；还有志愿者部，提供志愿者的资源，进行人力的配备和人员的选择；还有场地部，主要负责场地的管理，体育场、训练场，还有展览馆等都属于他们管；还有交通接待部，管车辆的发派、中外人士的机票订购和迎来送往；还有一个演员管理部，负责演员的落实，每天晚上武警总队来多少人，华东师大来多少人，上海大学来多少人，华东理工来多少人，事先都要落实好，几点钟到，到了以后怎么安排休息，休息到几点钟，等等都要安排；还有一个就是餐饮部，负责所有演职人员的就餐。

一看这些部门就知道，王琮祺每天碰到的都是多么具体、琐碎的事情，而做这样一个大型活动没有这样一些人支撑是不可能的。这还不算一些突发性的事情——原来计划中的事情都是比较常规的，但有时候就会冒出一些非常规的问题。比如说智障演员就是原来的计划里没有的，所以也没有给他们预算经费，他们参加了排练，但能否成

①服装设计师在挑选布料
②服装设计师在设计古装
③身着中国传统服饰的模特
④白衣女子古装设计的定稿

功、能否完成这些动作都还是个未知数。如果能成功，当然很好，如果不能成功，也得尽力而为。所以每个智障演员都准备了AB角，A角不行就换B角来试。这里面就有一个安排的问题，吃住都可以管，但有些智障演员父母不能陪同的，中间还得有一个陪同的问题，这就要招募志愿者陪同。那么，志愿者是24小时陪同呢，还是几个小时的陪同？现在的志愿者也是小孩子一样的，都是独生子女，原来是需要别人来照顾他们的，现在要他们来照顾别人，他们是不是真的能在生活上把他们照顾得很好，都是新的问题。

当然，参加演出的智障演员都是轻度智障，但是要防止发生意外，不怕一万，只怕万一，比如有一天，就有个智障演员没有回宾馆，而是自己回家去了，开会时一提出来，王琮祺就觉得不妥，万一他被人家拐走或者被骗，或者找不到了，那就是很大的事情。

王琮祺的工作真正可谓是千头万绪。比如说1000多名群众演员要进来排练，就得有吃饭的地方，体育场只提供了一块空地，只能容纳700多人。王琮祺要去借桌子、凳子，要找清洁工，要安排吃饭。开始每天只有1000多名演员，后来达到了5000多人，那么在这个一次只能容纳700多人的饭堂里，只能分八批次就餐。但有的时候这一批次可能来得早了，另一批次因为堵车来得晚了，那么这两批次的演员就集中到一起来了，这样饭堂就容纳不下。诸如此类的问题，不解决是不行的，但真的解决起来也是非常麻烦的。

2007年特奥会还有一个层面的意义，就是上海2010年要举办世博会，这无疑是上海最大的一个国际性活动。所以特奥会也可以说是世博会组织工作的一次演练，是对世博会在运作上、体制上、操作层面上的探索。

这次开幕式是完全按市场化的模式来运作的，由原来的政府投资制作转变为由政府支持，运作上采取市场化模式，这对以后世博会的运作可以提供很多值得借鉴的经验。

由于中国在文化、体育产业方面的改革相对较晚，还没有一个成熟的市场化的环境，所以，像这么大的活动，如果没有政府的支持，完全靠市场运作是很难做到的，因为很多事情既然是市场化运作，就有经济利益问题，比方说，开幕式排练要租设备和场地，管理体育场的公司肯定也有市场考虑，他把体育场租给你的话，他就要考虑经济问题。另外，除了正常的场地使用外，它还有很多地方可以从事商业活动，如果他不租给你，它可以举办足球赛、演唱会等等，他赚的钱肯定比特奥会付给他的要多。特奥会在这里至少要排演三个月时间，他如果把这个损失全部转嫁到特奥会上来，就需

参加演出的上海警备区官兵整队入场

要很大一笔资金，这就要政府部门来协调，如果政府不出面，这个事情就有可能谈不成。

再打个比方，开幕式每天接送群众演员和志愿者一共需要100多辆大巴，开始没有地方停，后来就由徐汇区出面，推荐了龙华机场。但这个机场不属于徐汇区管，也不属于上海市政府管，而是属于民航总局华东航管处管理的。上海市政府不能要求和命令它腾出一些地方停特奥会的大巴，但政府可以跟它协商，希望他们支持特奥。

这样的事情，只有政府出面，才可以把成本控制在一个可以承受的范围之内。

政府本身也掌控着一些资源和资金，比如说开幕式使用了几所大学的志愿者，政府可以通过教委这个部门去支持、奖励这些学校。学生的乘车补助是特奥会来承担的，有一部分是教委用奖励的方式奖励给学校的，这完全是政府行为，因为这所大学为特奥作出贡献了。学校也投入了人力和经费，比如说有的学校为支持开幕式排练，能让学生晚上睡得更好一点，把宿舍楼重新装修了，增加了浴室，安装了空调。这些东西在特奥会以后，学校还是可以用的。本来学校有一个改造工程在里面，但原计划没有这么急迫，甚至原先不需要改造那么多房间，但为了特奥，学校把改造工程提前了，那么政府就会有一些奖励，或者拨一部分资金给它们。这样学校也会有好处。这既符合政府的规范，也是对学校支持特奥的褒奖。

王琮祺觉得在整个中外合作的过程中，外方的运作模式和许多经验都值得我们学习。例如外方的计划制订得非常细，每一个小的环节他们都会考虑到，都会列入计划之中。王琮祺跟西方人和日本人都合作过，他们都是先要有完整详尽的计划。比方说要做一件事情，他们拿出来的计划可能是几大本东西，但中国人拿出来的可能就是几页纸。中国人做事比较粗，就是说目标大家都是明确的，但到达的方式会有些不一样。我们“摸着石头过河”，美国人不会这么做。他一定是先测量这个河底有多深，从这里过河会遇到多少块石头，哪些石头是扎脚的，哪些石头是没有危险的，哪条是最近的路或者是最安全的路，他把这一切事先都预算好了之后，再来决定你可以从哪条路线走。但中国人只要知道目标在哪里就开始前行，如果走到某个地方一看水太深过不去，就再换个地方走，最后也能走到目的地。

现在我们之所以还这样做，这是有中国人传统的做事风格在里面。就是一种比较大而化之的、粗线条的做法，就是说中国人在碰到困难的时候，他有化解的办法。如果碰到困难要马上解决，外国人的应变能力就可能不及中国人。

当然，我们原来跟世界接轨还没有到现在的地步，所以邓小平当年提的“摸着石头

①舞台还没完工，演员们已在上面排练
②正在搭建的中心舞台

过河”是有当时的历史背景的。改革开放这么多年，如果我们现在还这样做，那肯定是要走弯路的。

王琮祺说，特奥会开幕式当初请外方的目的就是因为他们主持过国际大型活动开幕式的制作，有丰富的经验。还有就是想换一种思路，现在的中国人喜欢有创新的、能给人耳目一新的东西，担心中国人的创新跳不出一定的框子，而外方人员有国际化的思路，能为开幕式这个国际大型活动带来新的观念。这对于中方团队来说是一个极好的学习机会，所以，我们如果不能学习他们的优点，我们的学费就白交了。

二、太难了，真是太难了

王康宏在2006年7月就进入了特奥会开幕式中方制作团队，担任制作人，是最早参与特奥会开幕式的中方创意人员。当年4月，上海市政府新闻发布会公布了外方导演和制作人后，就一直在找中方制作人。有人推荐了王康宏，他从北京飞到上海来和他们见面，之后又有一些通话，看了他的作品后，7月份就正式开始工作。他做的第一件事就是在北京世纪坛参与吴方淼、赵曾曾、徐闯三部公益短片的推广，当时外方团队也都在北京。这个活动之后，开了三天的创意讨论会，余秋雨、陆川他们也在场。会后，王康宏就和他们一起来到了上海，又与上海市政府有关官员谈创意和构想。那时候，中方团队还只有他一个人。

开始的时候，要搭建这个团队，就需要推荐很多人，这大多是王康宏的事情。他过去做过很多大型活动的总导演、制作人，和很多人合作过，知道谁有时间，有想法，就和谁联系。比如说服装设计，他们是一个团队，有一批人，他先打电话，问他们对特奥会开幕式有没有兴趣，如果有，就把简介和作品拿来，然后由他推荐。施德容、顾抒航和外方的总导演和总制作人一个一个地看，看完了简历和作品后再见面，就像面试一样，要面谈，然后经过反复筛选，确定最终的人选和团队。

这次开幕式还有一个特点，就是没有专业演员。参加演出的几乎全是群众演员，由在校的大学生、部队士兵、塔沟武术学校600多名武术学员和最关键的智障人士组成。这些演员也是他负责去挑选的，所以工作量非常大。

制作开幕式的各部门负责人每天要开两次例会，制作人王康宏那边每次面临的问题最多，因为整个开幕式都围绕着表演，表演的节目、仪式进行得好与不好，是很关键的，开幕式的创意团队也是在力图完美地呈现这一部分。制作部、场地、餐饮都是围绕表演这一条主线，所以这一条主线一定要抓住，其他的工作虽然没有一项不重要，但

①②③正在排练的白衣女子组图

成败就在最后大家看到的这些节目，可谓成败全系于此。

王康宏身上具有颇浓的军人气质，他曾在中国海军东海舰队福建基地当过5年水兵。1981年，他离开部队后，在中国广播电视出版社和《中国广播影视》杂志社当了4年编辑；1985年，进入中央电视台《外国文艺》栏目当编辑，第二年，他前往中国对越自卫反击战前线采访，是在前线采访时间最长、深入作战最前沿的记者，此后，他创办了年度卫星直播栏目《维也纳新年音乐会》，任1987至1991年度直播导演；还先后编导了中国首部系统介绍国际电影系列片的《世界电影之林》，制作了大型纪录片《国防启示录》；1990年创办中国第一个综艺栏目《正大综艺》并任导演，1992年又参与创办了中央电视台国际频道，并创办对台栏目《天涯共此时》，任联合制片人；1993年作为国际频道首任驻外记者长驻香港，开始职业记者生涯；1995至1997年，他拍摄了大型纪录片《香港沧桑》。1999年，他首创了全新流行风格的民族音乐《新民乐》，为中国电视和音乐注入了新活力；他当年还成功操作、导演了中央电视台首例按市场方式运作的中秋晚会《月是故乡圆》，是国际频道开播至今收视率最高的晚会。王康宏还导演了第一届全国体育大会开幕式，与星空传媒集团音乐频道联合策划、创办了《华语歌曲榜中榜》。另外，他还策划、制作过“中华文化美国行”及“中国文化日本周”东京晚会，2000年美国公共电视台（PBS）、上海电视台、上海大剧院联合举办“韦唯独唱音乐会”，他任制片人、总导演。2001年至2006年，他任国务院台湾事务办公室九洲传播机构副总经理。他的作品曾获国家纪录片大奖、五个一工程奖、国家对外宣传彩虹奖。

自进入这个团队，王康宏的休息就没有规律了，有时候开会、讨论要到夜里两点多钟，回到住处就三点了，很多时候，还要在电脑上做很多文件，基本每天起码要工作到四点钟。早晨有排练的时候，最早五点钟就起来去盯排练，有几天只有一两个小时的休息时间。吃完午饭后，有时候回去洗个澡，可以休息一两个小时。七八月是上海最酷热的月份，衣服一天要被汗水湿透很多次。每天都是如此。现在把早晨的排练挪到晚上，王康宏可以上午十点多来体育场，多了一些休息的时间。

王康宏做事有一股不要命的架势，是个具有冒险精神的硬汉。1986年，他在中央电视台任国际部记者时，在中国对越防御作战前线采访了一个多月，穿越过生死线，穿越过雷区，差点牺牲。由于被暴雨所困，他所采访的部队和后方失去了联系。昆明军区已经找不到他了，然后就报总政，总政就转告了中央电视台，报他失踪了。后来从暴雨围困的前线突围出来，好多人都不相信他还活着。

他觉得经历过那一切后，就什么也不用害怕了。

因为王康宏当过兵，所以知道一名士兵最大的优点就是不怕苦，有责任感。他说，你要做这个事就得负责任，一定要把这个事情做好。

加入特奥会开幕式这个制作团队之后，他把原来在国务院台湾事务办公室九洲传播机构副总经理的工作撇下了，全职来做特奥会开幕式。他一心一意全力在做这件事，他觉得这样的事一辈子很难碰到几回，可能就这一次。在他的职业生涯里，他认准了，这是非常值得去做的一件事。

制作人王康宏

但这件事并不好做，就是像王康宏这种在战火纷飞中出生入死过的人，事后回想起来，也不得不连连感叹，说，做这件事太难了，真是太难了！

王康宏负责的节目制作部的工作场地都是在户外进行。在酷热的上海盛夏，这种艰苦的程度可想而知。

2007年7月份，他和最先进场的导演萧畅就投入到排练当中。萧畅最先负责的是武警七支队的排练。王康宏和她一起来到排练现场。一帮大男人，看到一个小女孩儿来训练他们，开始没有一个人服。

王康宏也想知道从来没有和部队打过交道的萧畅用什么办法来带部队。那天上午的气温高达39℃，所有的战士都可以轮休，只有她拿着一个半导体喇叭，一口气不歇，在烈日下指挥排练。整个上午，她浑身都是被汗水湿透的，但她一分钟也没休息，战士们一下就服了。支队的一位中校就说，这个小导演你不要看她人小，但是厉害。后来战士们都说这是"魔鬼训练营"，把她叫做"魔鬼导演"。

有几次，上海下了几场特别大的暴雨，因为整个排练是跟着音乐走的，萧畅要把这一段排演完才算结束。所以，她就指挥战士在雨中排练。她站在桌子上，拿着广播指挥，她不动，战士也不动，就在暴雨里面，继续打鼓。打完了以后，没有她的命令，谁也没有走。直到她说一声"收"，所有的人才收兵躲雨。那个场面，曾感动了很多人。

演员从7月3日进场，正值酷暑，天天暴晒，所以生病、嗓子哑、晕倒之类的事情天天发生。部队的新兵当时只发了一件短袖衫。早晚各一场排练，都是最热的时候。由于时间紧，没有时间洗衣服，洗了也怕干不了，而部队的着装都是按照《条令》来执行的，要求着装要整齐，在这个时节必须要穿这个衣服。所以开始的那一个月，没人洗过一次衣服，每个人都是汗臭熏天，衣服都被汗水浸烂了。直到后来找到赞助商，才给每人发了一件T恤衫。

这次开幕式的鼓手一共用了932人。这是按舞台的大小，按他们的服装和一个人占地的面积和动作，一个一个用电脑摆出来的。从舞蹈的角度来说，鼓，主要练的就是节奏。一般都是先练基本节奏，再练舞蹈动作，对战士的要求是要敲出气势来。要使劲地敲，战士们也真是使劲，当时不敢用真鼓，怕他们一棍子就敲烂了，用的是大木鼓，即使这样，鼓的破损率也非常高，这些战士往鼓上一敲，立马木片飞溅，第一天就把鼓面全敲漏了，直接导致了预算的增加。最后就改用脸盆，但这一项的预算还是

一位智障孩子送给王康宏的画

①制作部的全家福
②刚刚成立的制作部办公室
③加班的老外

比原来翻了两倍。有一个战士，劲儿太大，一天敲碎了三个脸盆。虽然从打击乐的角度来说，你打鼓不能这么打。王康宏先不管，让他们先练，然后再由打击乐老师给每个人做培训。

10月2日所呈现的开幕式，人们只看到了它的完美，看到了它的中国气派，却不知道那其中每一个微小的细节，王康宏和每个演员们都付出了大量的汗水和艰辛的努力。

三、音乐的制作方式与原来完全不同

上海特奥会开幕式的音乐总监刘彤是位文质彬彬的文职军人，曾担任由张艺谋任总导演的大型山水实景演出《印象·刘三姐》的音乐总监及作曲，以及2008年北京奥运会会徽揭幕仪式及庆典晚会的音乐总监。他的音乐才华和经验使他完全能够承担这一重任。不过这次音乐的做法和他以往的完全不同，给他出了新题目。

在中国，这种大型节目的音乐做法，基本是等节目脚本定下以后，需要什么音乐，音乐总监就安排创作，完了之后制作团队的相关人员就听，差不多可以，就拿去排练。美国人不是这样做的，他们叫做“风格小样”。比如这一段需要十分钟音乐，他们会在十分钟里分好几个小段，把每一段的要求用文字表述清楚，音乐团队不用先创作，而是去找现成的音乐。磁带、CD都行，你自己现成的、符合要求的作品也可以。找好后，大家一起来听，听你找的音乐的感觉怎么样，风格对不对。只有音乐制作人把这种风格都把握了，才让他去创作。

刘彤说，我们的作曲是说好后就写了，从来没有人这么做过。刚开始的时候，没有一个人明白。大家都犯愁，这东西上哪儿找去啊？后来慢慢理解了他们的这个经验，他们这样做，可以确保做出来的音乐在风格上不出现问题。

作曲的时候，也不是随心所欲的，每一个时间片段也是卡死的。这就像做舞剧一样，这一幕有多长，这一个时间片段它的动作是什么，你要讲述什么故事，需要多长时间，都得有一个比较精确的预估。然后舞美要走速度，都得掐好点，计算出从某一点到某一点的动作要多长时间。舞蹈总监根据预估的时间，分成若干个段落，再看每个段落几分几秒。做好这个以后，再让音乐总监创作音乐，然后拿着这个音乐去排练。即使这样，这还不是最精确的。因为真的把舞蹈动作编好拿去排练的时候，可能这里需要的时间长了，那里需要的时间该短一些。所以音乐还需要修改。

而国内做大型活动，通常都是先作曲，再排练，是否排得成，反正音乐已经录完了。你就得跟着作曲家的音乐来。在这方面，西方人做得更科学，非常准确、有效。

即使这样，他们录音的时间还是非常晚。都快开演了，才开始录音。这就是为了保证那是最后一次录音，录好之后就再不改动了。

彼此心领神会之后，大家的工作都很愉快。原来忧心忡忡的外方节目顾问也变得轻松起来，听到刘彤创作的每段音乐，都很高兴。外方总导演唐虽然身在美国，但是通过电话、网络遥控，对音乐创作也洞悉于心。刚开始唐还有很多具体的建议，后来感到王康宏完全胜任，干脆把音乐的建议权和修改权全都交给了王康宏。王康宏带着中方团队跟刘彤探讨，哪一段感觉要加强一点儿，哪一段需要再长一点，哪一段需要再静一点。从2006年底开始磨合和开展工作，到创意团队的组建，再到排练，双方已互相理解，中方团队也知道该做什么了，许多工作越来越顺利。

特奥会开幕式很注重情感的因素，在排练的时候，有些在现场工作的人员听了都流泪了。那种效果的确是能深入人心、慑人心魄的。

现场的工作人员看这个开幕式的心情和别人是不一样的，他们就像孕育了一个小孩，经过了十月怀胎的酸甜苦辣。

帆船是这样练成的

音乐的制作非常严格，每一个音节、每一个音符都卡得非常精确。

当时，所有的现场表演都要先去录音，根据录音来排练。现场的表演和录音都要配合起来。如果到时天气不好，仅靠现场的音乐是不够的。这对现场的排练要求非常高，所以所有的群众演员在排练时都戴着耳麦。因为如果不戴耳麦的话，后一个人听到的节奏就会跟前一个人差半拍，动作就会不整齐。很多人对此不理解，说这干嘛啊，群众演员还戴耳麦，觉得这好像是铺张浪费。

这就是我们常说的少见多怪。因为很少有人在中国是这样做娱乐节目的，这么严格、优秀的制作人在中国也是不多的。

由于是智障人担任主角，所以它的音乐、场面、表达的故事不仅是要让大家感动得流泪，更重要的是，看完之后要有一种震撼力。有一天，顾抒航生病，躺在家里，高级制作经理郑红蓓晚上十点钟的时候给她发了一个短信，说今天他们排演了一个火炬点燃的仪式，那个音乐听着真是令人激动。

这就是艺术家可以把人的情感升华的地方。这也是唐·米歇尔能够做得很成功的一点。亚特兰大奥运会他选择了阿里去点火，当然，各种各样的评论都有，有人觉得那个很残忍，更多的人认为他震撼了全世界，让所有人的心灵都为之激动。这就是唐作为一个大导演能够抓住观众感情的地方。

四、不一样的特奥希望之火传递

从第一到第十届的特奥会火炬跑都是在美国国内进行的，第十一届都柏林特奥会虽然在雅典取了圣火，但火炬跑只到了英国，然后就到了爱尔兰。上海特奥会执法人员火炬跑的参与国家之多，行进路线之长，覆盖面之广，参加人数之多，社会影响之大，开创了世界特殊奥林匹克运动史上的新记录，尤其国际段活动更是首创。特奥圣火于2007年6月在希腊采集后，相继在英国伦敦、埃及开罗、美国华盛顿、日本东京、韩国首尔、澳大利亚悉尼等地进行了火炬跑活动，之后，“希望之火”出现在中国的一些城市和地区。

国际特奥会主席蒂姆·施莱佛介绍，特奥圣火经过全球五大洲传递，行程3.5万公里，全球有9亿人通过各类媒体观看、了解了圣火传递的全过程。

特奥会火炬跑原来跟开幕式是分立的，是由执法人员为智障人募款而举行的，后来演变成了很多国家每年都会为特殊人捐款举行火炬跑。

施德容负责上海特奥会火炬跑后，他先是确定在雅典取火，然后在中国进行火炬传递。他觉得仅仅这样做并没有什么突破，便决心像奥运会一样，来个火炬全球的接力，决定在五大洲各选一个有特奥运动基础的城市，由执法人员和特奥运动员一起跑。

施德容和国际特奥会派出人员反复商量，取得共识，所有的国家都尽量选择到首都。只要到了首都，这个国家的政要就会出来，政要到场，媒体会报道，这样就可以很好地宣传上海特奥会，宣传特奥会的精神和理念。施德容说，华盛顿是美国的首都，到了美国的首都，就会到白宫前。国际特奥会不是要求中国领导人出面来关心特奥运动吗，那么，我们跑到白宫门口，看看国际特奥会怎么做他们的政府领导人的工作，看看布什会不会出来接见参加火炬跑的执法人员和特奥运动员，他一出来，全球的媒体就会报道。

欧洲选择了英国伦敦；大洋洲选择了澳大利亚的悉尼；非洲选择了埃及的开罗。在亚洲，执委会选择的是日本东京，但韩国希望特奥圣火也能到韩国，最后又选择了首尔。本来要到南美洲去的，阿根廷首都布宜诺斯艾利斯和巴西的巴西利亚都反复要求，欢迎特奥圣火能传到南美大陆，但实在是安排不出时间。在选择这些国家的时候，美国是一定要去的，因为旧金山是特奥运动的发源地，芝加哥是特奥运动的大本营，所以上海特奥会执委会就把北美、南美合为美洲，选择了华盛顿。

整个火炬跑由三家著名企业赞助，一家是东方航空公司，它负责提供所有人员来回的机票；一家是DHL EXPRESS——敦豪快递，负责圣火火种等物品的货运；还有一家是全球最大的制药公司之一阿斯利康（AstraZeneca），它提供了火炬跑所需的现金。

为此，中国外交部及有关大使馆做了很多准备工作。

2007年6月29日，2007年世界夏季特殊奥运会圣火——象征平等、接受、包容的“希望之火”在希腊雅典卫城普尼克斯山冈圣地点燃。

当希望之火在7月2日抵达埃及亚历山大港时，埃及海军出动了护卫军舰迎接。平时严肃有加的埃及军人热情搀扶，护送每个特奥运动员离开港口，还会俯下身子，细心地为智障人士解开救生衣，用自己的铁骨柔情，点亮智障人士心中的希望之光。在开罗，埃及的总理、议长、穆巴拉克的夫人和开罗市市长全部出来迎接圣火的抵达。当晚，三座埃及金字塔被彩色的灯光所勾勒，显得无比辉煌。中间的一座金字塔上还用灯光打上了上海特奥会巨大的会标——一只睁大的眼睛，眼中的图案既是两个跃起的运动员的造型，同时也是上海市市花白玉兰绽放的图形。这个祈盼的眼神、关爱的眼神、关注的眼神投映在古老的金字塔上，使它的寓意显得更加深刻。

特奥圣火在美国华盛顿的传递最受重视。7月26日上午，上海特殊奥会第二阶段

①擦拭流动厕所
②用道具遮蔽烈日
③编舞在做示范

①
②
③

国际火炬跑在白宫举行点火和起跑仪式，中国国家主席胡锦涛发来贺词，布什总统和夫人劳拉出席了仪式。

中国国家体育总局局长刘鹏、中国驻美国大使馆临时代办郑泽光、上海市常务副市长冯国勤、中国残疾人联合会副主席王新宪、国际特奥会主席蒂姆·施莱佛等出席了在白宫举行的仪式。布什总统在白宫火炬跑点火和起跑仪式上致辞，他感谢胡锦涛主席向上海世界特殊奥林匹克运动会第二阶段国际火炬跑发来贺词。

当地时间中午12点，中国特奥运动员乔美丽与美国特奥运动员凯伦共同手持本届特奥会火种，陪同执法人员火炬跑官员点燃象征希望的“腾龙”火炬，与两名美国警官一起奔向执法人员火炬跑的出发点白宫南草坪。15分钟后，执法人员火炬跑队伍从白宫南草坪起跑，12点40分，火炬跑队伍到达美国卫生及人力资源部，受到当地美国政府部门工作人员和市民的热情欢迎。10分钟后，火炬跑队伍行至距白宫1.6英里的美国国会山，沿途美国民众纷纷致以热烈的掌声。下午13点10分，火炬跑队伍到达美国司法人员纪念碑，美国志愿者给火炬跑参加者献上玫瑰花。下午14点，中国执法人员吕颖杰、李玉筠和中美特奥运动员乔美丽、赵曾曾、凯伦共同手持“腾龙”火炬，欢快地跑向中国驻美大使馆，400多名中美各界人士在此热情相迎中美两国特奥运动员。在热烈的掌声中，中美两国特奥运动员、执法人员共同点燃了设在中国驻美大使馆门口的特奥圣火火炬台。

随后，在中国驻美大使馆举行了2007年世界夏季特奥会执法人员火炬跑美国华盛顿迎圣火暨庆典仪式。郑泽光、刘鹏、冯国勤、蒂姆·施莱佛、中美特奥运动员、执法人员代表先后致辞和讲话。刘鹏在致辞时说，特殊奥林匹克运动会第一次走进亚洲，第一次走进中国，是全世界人民对中国、对上海的信任。中国人民热忱期待世界特奥会的到来，这将成为全世界各界人士的盛会，也将极大地促进全世界人民的友谊和了解。冯国勤在致辞时说，2007年10月，第十二届世界夏季特殊奥运会将在中国上海举行，这将是迄今为止中国举办的规模最大的综合性国际体育赛事。特殊奥林匹克运动和执法人员火炬跑，必将为增进中美两国人民的伟大友谊作出新的贡献。

执法人员国际火炬跑美国段结束后，接着来到了韩国、日本和澳大利亚。

7月26日下午，中韩两国工作人员就此次火炬跑的圣火交接、起跑路线等程序进行了最后确认。第二天上午9时，韩国站火炬接力跑活动拉开序幕。韩国特奥会主席禹

①鼓手们以盆代鼓
②女鼓手
③鼓手们在刻苦练习

①进入八万人体育场排练
②智障鼓手高鹏在排练，他身后是鼓手用来练习的木鼓

基正、中国特奥会主席王智钧、中国驻韩国大使宁赋魁等近千名嘉宾与运动员出席活动。首尔奥林匹克公园举行了迎圣火暨起跑仪式。9时30分，火炬跑队伍沿奥林匹克路，经蚕室综合体育场，赴中国驻韩国大使馆。上午11时，在中国驻韩国大使馆举行火炬交接仪式。中国特奥运动员将火炬传递给中国驻韩国大使宁赋魁，宁赋魁又将火炬传递给第二组中国特奥运动员。11时30分，在首尔市政广场举行了特奥圣火庆典仪式。此次韩国段执法人员火炬跑的总长度约为7公里，有200多名来自韩国各地的特奥运动员、执法人员共同参与本次火炬跑活动。韩国文化观光部长官金钟民、首尔市长吴世勋、上海特奥会组委会主席代表刘云耕、国际特奥会东亚地区主席容德根等纷纷致辞，预祝上海特奥会举办成功。

②

2007年世界特殊奥运会执法人员火炬跑国际段活动，在圆满结束了韩国首尔段的特奥圣火传递之后，8月22日在日本东京隆重开跑。

此次执法人员火炬跑东京段的起跑点设在东京都厅市民广场。盛载着采自希腊雅典“希望之火”的火种盒在中日嘉宾手中传递后，由中国警察代表、中日特奥运动员共同点燃“腾龙”火炬。起跑仪式上，日本执法人员代表东京消防厅音乐队进行了现场演奏，东京消防厅特技队也进行了表演。当“腾龙”火炬最终抵达火炬跑终点新宿中心大厦时，日本特奥会还准备了日本四国德岛传统阿波舞蹈迎接火炬跑队伍的抵达。

圣火到达伦敦的前一天，飞机场发现了炸弹，伦敦一时间风声鹤唳，全城警戒。但特奥圣火的传递还是在9月12日如期举行。当晚，中国驻英国大使馆举行了招待会。英国首相布朗的夫人莎拉、文化体育大臣詹姆斯·珀内尔、英国特奥会主席朗里·麦克默尼米出席了招待会。中国驻英国大使傅莹说，这是世界特奥运动会第一次在发展中国家和亚洲举行，其规模将是历届之最。在上海特奥会的带动下，中国的特奥运动必将迎来新的发展高峰期，有望成为世界第一大特奥运动国，这是中国对整个国际特奥运动的一大贡献。从这个意义上说，世界给中国一次机会，中国还世界一个奇迹。

9月18日，希望之火在澳大利亚悉尼进行了传递。当地时间

①已可看出鼓手们的气势
②鼓手们在练习

上午9点30分在悉尼月神公园举行了火炬点火仪式。随后，火炬跑队伍先后抵达中国花园、市政厅、议会大厦和总督官邸四个交接点，并在总督官邸举行了迎圣火仪式。最后，火炬跑队伍抵达第五个暨最后一个交接点——中国驻悉尼总领馆。悉尼是本届特奥会火炬跑国际段的最后一站，随后特奥会火炬将抵达中国北京。

9月25日晚，在北京长城居庸关举行了上海特奥会中国迎圣火和起跑仪式。当晚的居庸关长城被灯光装点得格外雄伟壮丽。中国国务院副总理、上海2007年世界夏季特奥会组委会名誉主席回良玉致辞，国务委员陈至立和时任上海市委书记、组委会名誉副主席习近平等领导分别为参加中国段执法人员火炬跑的香港、澳门特别行政区和北京、哈尔滨、大连、西安、杭州、苏州、无锡、广州、嘉兴、温州、南京等城市授火炬，特奥圣火开始在中国传递。9月29日，圣火回到上海，开始在上海19个区县传递。最后，于开幕式当晚，由刘翔传递到八万人体育场。

五、责任主体是开幕式制作公司

这次开幕式成功有很多原因，而做这类活动的专业人士都说，这次特奥会开幕式的成功不能忽略的是有一个有力而廉洁的管理团队和一种令人敬重的职业精神和责任心。

特奥会开幕式采取的是公司化的运作模式。从本质上讲，把一笔钱给一个公司或一个电视台去做是一样的道理，都有一个责任主体。但不一样的是，电视机构是比较庞大的，也有很多人参与其中，管理的主线会不清楚。

这次特奥会开幕式制作公司的董事长施德容博士还是执委会副秘书长，担负着大量其他工作，制作公司主要由顾抒航负责。

顾抒航是执委会大型活动部副部长，分管开幕式。用一个实体去运作这个开幕式，要负财务和管理的责任；顾抒航还是这个开幕式的执行制作人，那么在另一个层面上来讲，并不是每一个人都是开幕式制作公司的员工，有一些创作人员不是，顾抒航和他们是服务商与供应商的关系，作为一个执行制作人，在那个层面上也承担着不可推卸的责任。

为什么要用开幕式制作公司这个责任主体来做这件事呢？这其实是外方提出的一个建议，他们每次做开幕式都有这样一个公司，其好处是这个公司的账目就是针对这个开幕式的，到时结账比较容易一些，这本账也会非常清楚。而如果是一家电视台的话，它平时有很多事情在进行，到时特奥会来审计的话，比方说这个灯光到底使用在了特奥会开幕式的演出上，还是在电视台别的演出中也用过，就很难把它说清楚。

中外合作团队初次接触时快乐的晚餐

还有一个很大的优势是，管理的责任主体明确以后，谁该负什么样的责任非常清楚，公司的总经理管什么，财务总监管什么，该怎样来管，每一个部门经理该负什么样的责任，都一目了然。

顾抒航说，我们这个公司的很多人都是艺术家，你要让艺术家把他们的创意做到最佳，你不能让他去担任行政职责，比如说音乐总监刘彤，你如果让他去管下面的乐队、音乐家，去管吃喝拉撒这类事情，这就不行，你应该让他把所有的时间都花在怎样去把音乐做好上面。那些日常杂务应该由保障部门来做。比如财务经理就应该根据合同，在什么时候付刘彤哪一笔钱，他只管根据这些钱去做自己的艺术，这样才能不让他分心。

导演跟制作人就是这样的关系。拍电影的时候，导演应该做什么，制作人应该做什么，都是很清楚的。顾抒航认为管理开幕式制作公司也是这样的。她把这些服务性的东西做好，艺术家只管去做好自己的艺术。她只需给艺术家讲好，他做这个东西只有十块钱，他要在这十块钱里给她做出最好的东西来。如果他要做一个超出这个经费的东西，她就会说，你没有钱做这个事儿。

施瓦辛格和中国特奥信使陈彤在讲述特奥运动的重要性

所以，这里所说的管理就是从开幕式制作公司的角度来说的，顾抒航要管理一个公司，有预算制定和执行的职责，有财务的责任，她要面对审计。她要管理人事，就要了解保险，熟悉劳动法。当然，预算的压力是最大的，什么样的钱该花，什么样的钱不该花，这里面有很多学问，稍有疏忽，就有可能造成浪费。如果顾抒航做过这件事情，她就会非常清楚什么钱该花，什么钱不该花，而这种模式运作的开幕式在中国是第一次做，没有任何经验可供借鉴。就像你第一次装修房子，你该怎么样去做，心里并不是百分之百有底的。这个地方是用大理石，还是用木地板，或者用地毯，你只能靠自己的能力来判断。这不是一件很容易的事情。所以，顾抒航就要去分析，如果使用这些材料产生的结果是什么？哪一种结果她能要，哪一种结果她不能要，哪一种结果是她不想要但能承受的。之后，她才会去做决定。但做决定没有两年时间，只有两个月，所以，判断必须准确无误。

她这样做的目的，就是以后如果有人把开幕式这本账拿出来给别人看，专业的人、做过的人看后不会说，你浪费钱了，那样的话，她会非常愧疚，会无颜去面对那些资金的捐赠者和纳税人。但如果她为了省钱，去掉的部分对开幕式有致命的伤害的话，她也会觉得是一种严重的失职。作为管理人员，每一笔钱或节约或开支，都是学问。由此可见，管理者的责任是非常大的。这种压力是其他工作人员体会不到的。

以往做大型活动的时候，中层管理者不负责任，浪费、超支、拿回扣之类的事情时有发生，这是业内很多人都知道的现象。特奥会开幕式的中层管理人员，他们每个人也都负有一份责任，很多人又都是临时聘请来的，下面有舞美和道具制作、音乐、舞蹈编导、形象设计、服装设计、灯光设计、技术制作、音响设计、烟火设计、制作管理、演员管理、吊装、舞台监督、运动员入场仪式、志愿者管理、场地管理、餐饮、安保、视频制作、交通接待这些部门，怎样去监管他们？怎样避免这类情况的发生？这是顾抒航必须思考的问题。

这要求顾抒航首先要对每一个过程都非常熟悉，而她以前并没有做过制作人，这对她来说，无疑是一门全新的学问。

最后，她通过学习和思考，建立了一个合理的团队机构。除了外方总导演、外方总制作人唐·米歇尔，外方总制作人大卫·金博格，中方总制作人施德容，中方联名总导演张晓海和部分外方制作人之外，她作为执行制作人和公司总经理，设立了制作部，由制作人王琮祺、高级制作经理郑红蓓负责，全力保障节目的制作，节目排练则由王康宏负责。

管理绝对不可能是一个人可以去做好的一件事情，绝对要依靠一个团队。对每个人要用其所长，扬长避短。

王琮祺、郑红蓓在上海电视台多年从事娱乐节目的导演和制作，非常有经验，预算非常合理。最后预算能够审批下来，跟他们的努力是分不开的，因为在预算审批之前，所有该做的事他们都做好了。从技术方面来讲，音乐在什么时候录制，灯光、音响应该什么时候向外国团队预定，安装期和调试期是什么时间，也都得仔细考虑，比如说灯光定得早了，多一天就得多出一笔租金；定得晚了，又会造成时间上的不足，没有调试的时间，甚至你还得留有让它发生问题的时间，因为电压不稳导致灯泡爆掉啊什么的，知道这些问题后，就知道了如果发生电压不稳该如何去处理。但如果只图省钱，提前很短时间把灯光装起来的话，到了带妆彩排，甚至正式演出的时候，发生这些情况就来不及处置了。

这个，就是管理。

这也是顾抒航觉得他们做得好的方面。

开幕式的预算最后一共是1700万美元。国际特奥会的官员说，这个开幕式最后的完美程度对特奥会来说，是空前绝后的。施德容认为，人家可以这样说，他不能这么说。但他知道，可能很难有人愿意像他们一样来干这件事，也很难有一个政府作出像上海这么大的承诺。为什么呢？因为特奥会是个慈善活动，公益性很强，不像奥运会那样有商业价值，所以要拉到赞助并不容易，开幕式的资金都是他们去募集的，一共募集了1500多万美元，不足的资金才是政府出的，政府出资还不到20%。现在，施德容和顾抒航知道了，做这种大型的舞台演出，第一是舞台；第二要看是谁做的灯光，再者要看谁做的音乐，如果舞美、灯光、音乐做得好，你的主题演绎得好，再加上好的演员，好的服装设计，就可以保证成功。再好的主题如果没有这三点，都是不行的。有了这三点，再有很好的转播，就会很圆满了。这次转播，中央电视台在体育场有20多个机位在拍，还用了飞猫镜头——它由电脑控制，可以在舞台上空滑行，立体地跟着演员在移动拍摄。

中央电视台对这次转播非常重视，把2008年转播奥运会演习的设备全部都拿出来了。这种高清晰的转播设备共有三套：一套设备负责向国际上转播，一套设备负责向国内转播，还有一套是现场大屏幕上的转播。

所以说，这场开幕式制作团队是一流的，所用设备是一流的。但因为有了这种一流的、有效的管理，开幕式并没有超支。

有人传言，说这次特奥会开幕式花了将近5亿元人民币。对于这样的谣传，顾抒航不禁笑出了声，虽然她没有正面回答这个问题，但是她说："我们的开支肯定比外面谣传的要少很多。我们非但没有超出预算，而且还节省了1700万元人民币。如果我们有谣传数额一半的钱的话，最后效果还会更好。"

顾抒航在开幕式结束后，接受《新民周刊》采访时说："这次的开幕式表演，并没有采用过多的高科技手段，仅通过灯光、音乐、方阵等传统方法表现特奥主题和精神。值得一提的是，除了交响乐演奏等节目需要专业演员外，其他所有节目都是由群众演员参与演出完成的。从2007年9月23日的联排开始，这批由群众组成的表演团队便每天坚持换好表演服装进入体育场进行排练，下午、晚上各一场，根据导演的要求不断调整和改进。正是所有人众志成城、认真执著地投入，才使得这场精彩而又'便宜'的开幕式成为了可能。"

第七章

志愿者在行动

一、陈莲俊和她的曙光志愿者服务队

陈莲俊是华东师大的学前教育与特殊教育学院特殊教育系研究生，华东师大曙光志愿者服务队队长。

她奔波在上海的烈日之下，她被晒黑了。她对此并没有在意。她是个风风火火的江南女子。她有一颗坚定而柔软的心，她显得比一般的学生成熟、冷静，她的微笑中流露出一种掩饰不住的善意，多年的善行积累在她身上，透露出一种女性特有的美。

谈及帮助弱者，她说，每一个人其实都有帮助别人的愿望，每个人也渴望被别人帮助。我学的就是特殊教育这个专业，将来要面对的就是特殊人，如果我们不来关注他们谁来关注呢?

她刚开始做志愿者的时候，范围很狭窄，只做和残疾人有关的志愿者，其他方面很少涉及，因为她是学那个专业的，学以致用，想有些实践。现在越做越多，她也从一个一般的志愿者变成了志愿者的管理者和组织者，她觉得做一个组织者和管理者很不容易，要做很多协调工作，没有做普通志愿者那么开心。

曙光志愿者服务队是2003年成立的，注册时有310多人，平时开展活动就由这些注册的人去发动，专门对象是残疾人。这次开幕式这么大型的活动，志愿者都是从各个学校招募过来的，由曙光志愿者服务队代为管理。

因为长期和智障人接触，队员们看他们的视角和普通人不一样，他们是从希望他们发展的角度去看待智障人的，在他们心目中，智障人充满着很多未知的奇迹。所以，他们关注的是他们具体的一些细节，能看到一个智障孩子最细微的变化。他们很在意智障人的喜怒哀乐，因为陈莲俊觉得人们对这些孩子的关注太少了，特别是对他们心理、情绪的关注非常少。比如说他们开始不高兴了，现在微笑了，陈莲俊他们就很在意，有这样的变化他们会马上给予鼓励。他们不太去在意那些宏观的东西，那些表面的东西，对智障人来说，那些意义不大。

志愿者陈莲俊

能认识到这一点，和陈莲俊长期与他们接触有关系，她了解他们比常人多一些。

中国人对智障人的较大关注刚刚开始，但这是一个高起点的开始，有了开始，就会有很好的结果的，陈莲俊相信这一点。

陈莲俊是从2004年底开始做志愿者的，第二年开始做特奥的志愿者，那时大家对特奥的概念还很模糊，几乎没有人知道。因为中国的特奥走的是先社区、再区县、再省市、再国际这一条线，所以社区是基础。陈莲俊当时带了两名特奥运动员在社区训练了一个学期，然后他们去参加了社区的特奥运动会。一名运动员平时训练的时候很好，但比赛的时候没有发挥出水平，他就比较沮丧。陈莲俊冲上去对他说，你跑得真不错，你平时的水平已经发挥出来了。他的情绪慢慢变好了。他是第四名，没有奖牌，只有绶带，陈莲俊说，这个绶带也是很光荣的，你看，我就没有得到绶带。他一听，就很高兴了。就是这样子的，他们知道成败荣辱，他们需要鼓励。但很多记者在采访的时候，他们会追着第一二名，说你们不容易啊，跑得这么好。但陈莲俊是看着他们训练的，所以她觉得他们都是不容易的。

在2007年8月之前，陈莲俊一直在学校里忙于志愿者培训，现在忙完了，她来到开幕式的志愿者服务部来了解情况，看他们工作怎么样，有什么问题，哪些问题需要她去协商解决。

她说，我们的志愿者跟一般的工作人员肯定是不一样的，也不能那样去要求他们。很多人还不理解志愿者，我们在工作中常常碰到这样的情况，就是一些人认为志愿者就是免费劳动力，有时甚至连免费劳动力都不如，作为一个队长，我也要为我派出的志愿者争取权益，所以一个用志愿者的地方如果有一个好的理念，也是非常关键的。因为自己是志愿者，所以我对使用志愿者的单位的要求有时会多一点，因为我们付出的是时间和体力，而更多的是爱心。

志愿者来无偿服务的出发点是爱心。志愿者有权利根据自己的情况决定做多长时间的志愿服务。他即使只能做一个小时，但他的爱心也是无限的。

志愿者是一个非常温馨的词，都是彼此抱着诚恳的心去理解对方，如果没有理解，是做不好的。用人单位用不好志愿者，就会打消志愿者的积极性。而志愿者的积极性是需要保护的。因为志愿者不是一个严格的组织，没有约束力。比方说，如果服务方要考勤什么的，他就完全可以不来干了。

陈莲俊说，对志愿者的尊重是首要的，双方最好能换位思考，志愿者来到这里服务，一般都是有奉献精神的人，双方的理解、沟通是很重要的。我作为一个长期做志愿者组织工作的人，有时会遇到一些瓶颈。这会使我无法开展志愿者工作。因为对方是志愿嘛，志愿你就没法要求他。所以我做志愿者组织者的时候，大家在哪里工作，我就会和大家一起去工作。其实，很多做服务的志愿者对这个部门有感情了，他会要求服务下去，他会很有责任心。但工作单位是没有权力要求说，你工作了这么久了，你就一定要负责下去。

陈莲俊曾看到不少脑瘫的孩子，看到他们开始只能坐轮椅，到最后经过训练，看见他们能站起来了，能慢慢地走上100米了，她相信看到这个情景的人，都会非常激动。

这就是奇迹。这和刘翔第一次获得110米跨栏世界冠军给人的惊喜是一样的，如果说刘翔是亚洲的一个奇迹，那么这个孩子就是人类最弱的那一部分带给世界的奇迹。

陈莲俊曾辅导过一个孩子，他开始连站都站不起来，陈莲俊每星期义务去训练他两个小时，让他自己慢慢地扶着栏杆走，她在旁边保护他，他开始只能站起来，然后能颤颤巍巍走1米、5米、10米，最后能走50米，一般人一分钟就可以走完，但他走50米需要一个多小时。在这一个多小时里，她就一直在旁边等。

她觉得带这些智障孩子就像带一个婴儿。他们的喜怒哀乐也和婴儿是一样的。她观察他们也跟观察婴儿一样。因为他们不会用言语表达自己想要什么，他们就是用一些表情和动作来表达。

陈莲俊对特殊人做过不少研究，写过关于特殊教育方面的论文，她的硕士论文也是关于智障人士的，还发表过在校大学生对智障同龄人的态度调查——即如果让残疾的大学生和你一起读书的话，你会有什么样的态度？这是一个全上海市范围内的调查。她当时提出的一个重要概念就是“融合”的概念。

美国是让智障者和正常人一起读书的，中国在这方面还没有做到，但残障——比如说视力、听力、肢体障碍已经有这种融合，在这个融合的过程中，一个正常人怎么看待他们，对残障、智障的人来说，心理的影响是很大的。

陈莲俊认为，参与特奥会的志愿者服务对一个学生志愿者来说，是一个很好的平台，可以给他们提供学习和接触社会的机会，现在的大学生虽然很多都是独生子女，但对做志愿者非常热情，也很有责任心。刚到这里来参加开幕式制作的志愿者开始根本不知道有这么苦，但他们只要答应来了，就坚持下来了。陈莲俊非常害怕中途有些人会受不了而退出，但很少有人退出，还有同学纷纷要求加入。

中外志愿者主要还存在一些理念的差异，陈莲俊做特奥志愿者也接触了一些国外的志愿者，他们为了能服务特奥会，可以自己买机票，自己订酒店，自己负责自己的衣食住行，他们在物质上不希望得到任何东西，就是希望得到中国对他们的一种认可，他们只需要你对他们提供精神上的支持。

她以前也接触过世界轮椅协会主席，他非常有钱，他就用自己的直升飞机给那些需要轮椅的人去空投轮椅。他做的就是一种纯爱心的事业，他需要的也仅是你对他的尊重。

对志愿者的尊重是最根本的，而国人对尊重的理解和定义是有差异的。就像她曾跟用人单位讨论的时候遇到的那样，使用志愿者的一方总会一再提到一些物质的补偿，强调每天的30元车贴，他们认为这可能就是我对你认可的一种方式，而志愿者需要的不是物质上的认可，可能只需要你的一个微笑。关心他们，帮助他们解决一些日常工作中的问题，比如他们回去太晚没法洗澡，怎么让他们洗上澡。换位思考，为他们考虑。不是给一点补贴就什么都解决了。因为这不是工作，这点补贴也不可能是劳动等价所得。没有一个志愿者是冲着这个来的，他们这样认识，就把志愿者来做这个事情的精神内涵冲淡了。

陈莲俊一直想当老师，但她不想当那种普通的老师，要做有挑战性的那种。她知道她选择这个专业意味着什么，但她还是选了。她本科学的就是这个专业，是直升研究生。

物质文明没有发展到一定程度的时候，精神文明都是纸上谈兵。中国的特殊教育现在一是靠政策，二是靠机遇。就像特奥，对残疾人来说，特奥是一个很大的机遇，如果没有特奥，中国特殊人群状况的改善不会有这么快。但作为特殊人群，他们怎样抓住机遇，更好地利用机遇，把机遇带来的影响化作政策上的长期保证。这些也是特殊教育者应该思考的问题。比如说，特奥会结束后这些人的境况怎样，是他们经常讨论的一个话题。遗憾的是，他们讨论的结果往往是很悲观的。

整个人群对特殊人群的关注是非常重要的，陈莲俊对这一点感慨尤深。她去美国开过一些志愿者的会议，她一个人出去逛的时候，可以看到遍地都是轮椅。还有坐在轮椅上开车的人很多，但在中国你看不到。还有她到美国的超市去买东西的时候，超市入口的旁边，就有一块地方是专门给坐着轮椅开车的人留的，从来不会有人去占用，只有真正轮椅使用者的车才会停在那里。但是在中国这是不可能的。这从中国的盲道就可以看出来。人们没有意识到这对残疾人来说有多重要。他会认为我占用你的盲道是理所当然的，没有以一种平等的心态来看待他们。这在国外是不可思议的。

原来，在中国的大街上是看不到智障人的，他们在哪里呢？在家里。在国内你如果带一批智障孩子到公园里去玩，肯定有一帮人盯着你看。不指指点点就已经很好了。但在国外不会的，即使你推着轮椅出去，他们也只会认为你是一个其乐融融的家庭。

陈莲俊学特殊教育这个专业已经六年，她感觉到了人们对智障人士的态度的变化是很大的。她记得她的有些同学开始选择特殊教育这个专业的时候，根本不知道这是个什么专业，还以为是学特工方面的，学出来之后去当间谍。在中国，观念的改变是最重要的，现在，通过举办特奥会，关注智障人士的情况有了明显好转，人们的观念也正在改变。从不变到量变是一个质的变化，这必须肯定。

二、开幕式上的志愿者

上海特奥会共招募了4万余名志愿者，其中66%是高校学生，22%是社区居民，12%是企事业单位员工。志愿者可以提供服务的语言达16种，其中小语种志愿者就有2000多人。

特奥会开幕式制作期间动用的志愿者有近600人，还有制作部自己招的、可以完成

①前来参加排练的大学生志愿者
②“海浪”是这样练出来的
③一名参加排练的女大学生
④每个表演者都有自己的编号

一般志愿者完成不了的工作的志愿者，这是各部门需要的一些特殊人才。这一批志愿者在志愿者部还没有成立以前就开始工作了，已经工作了好长一段时间。

开幕式总共需要志愿者1180人，我在2007年8月采访志愿者部主管助理王方针先生时，他告诉我，当时这些志愿者还没有招够，通过执委会志愿者部跟校方联络后只能提供1026人。其中还有一部分外地的学生已买了回家的车票，没法来了；还有一些人开头报了名，后来因为自己的问题又不愿意来了。

志愿者部主管王秀霞告诉我，中国的志愿者和西方的志愿者还有差距，但志愿的这个程度和内涵其实是一样的。大家都是抱着同样的心来参加。西方的志愿者本来有工作、收入和社会地位，在节假日休息的时候，他去参加志愿者服务，在参加服务的过程中，他会不要报酬，自己解决食宿、交通，但他们所服务的国家对这批人也会有一些优惠政策，比如在税收上。中国也有自愿来的，不要报酬，但这一部分只会在赛事上出现。开幕式需要的人数比较众多，所以招募的志愿者大部分是学生和武警战士。

但即使是招募学生来做志愿者，牵扯的问题也比较多，因为他们暑假之后就要开学，开学了怎么办？能否继续下去，这个问题很大。这是志愿者部当时最头痛的，那么，从表演者来讲，你不可能随意换他，换他就可能影响演出。从6月下旬，一直到10

月2日这段时间必须保证演员的全数到位，不能请假。所以在选择志愿者时，就要看以后是否影响志愿者的学业，谁影响较小就征用谁。

其他辅助志愿者有两种来源，一种是自上而下，就是执委会志愿者部预计需要多少志愿者，通过政府的支持，给学校下达通知，由校方招募这么一批人；一种是自下而上的招募，就是由个人、学生会组织，自发地参加，这批志愿者必然面临许多他们自己没法解决的问题，比如说校方是否答复，交通怎样解决，这都得自己去克服。很多志愿者都是晚上干到十点多，然后自己再骑上两个多小时的自行车才能赶回学校去。这批志愿者付出得更多，他们默默无闻地在这里干，并且干的活儿都是幕后的，比如在道具组发放道具，整理演出场地，等等。

好在开幕式对短期的志愿者的需求量不大。为什么呢？比方说发放道具，上千根鼓槌，哪个人给哪些演员发放平时都是固定的，因为到时演出的时候，会有一个换场的问题，这一批人下去，收道具、发道具，把道具和服装给新上场的演员，他在预定的几分几秒内必须把这一套工作全部完成，使演员尽快、顺利地上场表演，这些人如果是临时招来的，又是上千面的鼓，就会出现谁也找不着谁的情况，那就会大乱，就会崩场。所以，在这里服务的志愿者要固定下来，而这方面需要的人数有600人。

开幕式的志愿者主要来自华东师大、上海师大、华东理工大学，这主要是考虑就近的，如果太远了，每天车辆接送都是一个庞大的车队，会非常耗费时间和资源。特别是到了9月中旬节目合成的时候，每天这个地方都是几千人，几千人一人一瓶水就是几千块钱，几千份饭就是几万元，吃的快餐，喝的矿泉水，发、放、收的工作量都很大——你不能把塑料瓶和饭盒到处扔，都得作很环保的处理。

王方针告诉我，志愿者的精神在开幕式这里还是体现得比较充分的。这次的志愿者是以学生为主，你不能让学生自己掏钱，他们都是无产者，没有收入，更不能让他们向家里要钱，这样做也会让志愿者行动变质。所以，除了从我国的国情出发，给每个同学每天发30元车贴外，他们没有任何报酬。虽然这里供应盒饭，但天天吃这个饭也是受不了的。很多志愿者天天都是在吃这个饭。还有就是排练的时间正是上海最酷热的时候，绝大多数工作时间的气温都是摄氏三十五六度，体育场内更是酷热难当，所以，很多的困难还是要他们自己去克服。

志愿者王卫强是华东师范大学计算机系的研究生，他原来以为可以隔一天做一天，这样的话，他的时间也好安排，他要完成自己的毕业论文。没想一来这里，各个部门都是连续工作，加之他们来之前，并不知道这项工作的性质是什么，需要注意什么，没人提前告诉他们，让他们考虑是否来。他没想到这边的工作会这么苦，这么累。很多志愿者在体育场一直做到晚上10点钟，然后10点半发车返回，回去后就是11点多了，洗澡就成了问题，这么热，每人都是一身臭汗，都要洗洗澡才能躺到床上去，但回去以后，洗澡房全部关掉了，男生用冷水冲冲还可以，女生如果也天天用凉水洗澡就说不过去了，所以，产生思想情绪也就难免了，有些志愿者就不想做了。王卫强是华东师大志愿者的召集人，他只能通过各种方式去安慰他们，去做工作，最后，大家也就慢慢地接受了这样的工作时间和要求，大部分人都是按时来，按时走，安排做什么就做什么，没有任何怨言。

在中国，志愿者大多是在大型活动中才会使用，有时难免会伤一些志愿者的心。有相当一批志愿者想做这方面的事情，但没有工作分给他。他们星期天可以来，但这种大型活动不需要短期的。他们报了名，也企盼着，但最终没能加入这个行列。最后只能想办法让他们到社区或运动会期间的交通引导上献一些爱心。

大型活动需要的还是一些长期的志愿者。西方也是这样。比方说开幕式的道具组要250人，常设的志愿者可能要50人，这50人带动那200人做事，这200人可能就是短期的，他来报到了，你是否认识他没有关系，他认识你就可以了，他服从你的指派。即使一个人带的4个人换了，再来4个人还是不会有什么影响。这样就能让更多的人参与，而开幕式制作部的各个部门都是临时组成的，所以各个部门需要的还是长期的志愿者。

我国香港、台湾地区以及国外也有一批志愿者，主要是担任翻译、外联和机构代表等，还有一些在国外上学的孩子假期回来也在做志愿者。来自国外的志愿者主要是时间的问题，他不可能有这么长的时间，另外还牵涉很复杂的签证等问题；还有就是语言障碍的问题。所以这次在开幕式上服务的国外的志愿者并不是太多。我国香港地区的志愿者主要在开幕式的设计、保障方面要多一点；舞蹈、服装、灯光、焰火等方面有一些美国的志愿者。

王方针原来是做影视的，也是临时加入特奥会开幕式这个团队的。他对群众演员的组织相当有经验。他说，中国的志愿者行动是由过去学雷锋做好事演化成了现在社会公认、赞赏和学习的这么一种行动，这种公益精神的培养对现在的年轻人特别重要。其实社会对志愿者的需求会越来越大，不一定非得在大型赛事上才使用，应该说社区志愿者需要更多，也体现得最直接，可以随时随地出现在需要的地方，使其成为一种习惯性的力量。但现在这个新事物，多是由一些机构组织的，包括各个学校都有志愿者，正在慢慢地普及和扩大。

世界特奥会4万名志愿者正式上岗（新华社供稿）

三、一个志愿者的见解

作为一个慈善机构而言，最大的问题就是资金来源的问题。像一个企业一样，你要运作就需要资金。一个慈善组织如果能有一个源源不断的资金保障的话，就可以解决很多问题。一般来说，资金的来源都是一步步去募集的。

特奥会是一个在全世界影响很大的活动，涉及的国家这么多，在中国的规模又这么大，正好是一个很好的机遇。所以，顾抒航一开始就试图用慈善和商业的模式作一个有机的结合。

陈洁是2007年（上海）世界特奥会筹备中心发展总监，主要负责这次特奥会慈善资金的募集。她也是作为志愿者的身份来做这件事的。她说，在美国举行的特奥会都是靠慈善募款，都柏林特奥会有一部分商业运作，但正式把它作为一个大型赛事来举办，在上海还是第一次。即使这样，他们也只是告诉我资金上的需求，还没有系统地来建立这个平台，组建一个机构。

陈洁希望通过这次特奥会做一次实验，看看这个模式和机构是否可以真的做起来。陈洁觉得开始得有点晚了，如果特奥会不是2007年，而是2008年10月份开，这个模式就能成功地运作起来。

中国作为一个发展中国家，第一次做这么大一个慈善活动，过去没有这方面的经验。在这种新情况下组建一个新的模式是非常困难的。但施德容是一个非常敏感的有远见的人，他看到了这一点。但要真正尝试的话，不是一个人或几个人能做到的。它需要整个系统很清楚地知道怎么来做这件事。作为整个筹款的机构来说，靠陈洁几个人的努力也筹了差不多上亿的资金。如果特奥会2008年召开，陈洁说她有信心整个团队能把整个运动会的开销都筹出来。

但慈善事业也是需要宣传的，北京奥运就在大力宣传，世博会也是如此。宣传得早，就能让赞助商知道这是怎样的一件事，让他们感觉到政府的支持。如果只凭陈洁他们去讲政府多么支持，但在媒体上又没有什么动静，人家就会问，政府这么支持，为什么不宣传呢？陈洁就无以应对了。

其实，对特奥会的宣传一直都不够，巴基斯坦的特奥运动员、特奥全球信使迪卡尔在接受采访时就说，他希望媒体对特奥会的活动给予充分的报道。2003年都柏林特奥会都没有得到充分的报道，巴基斯坦的新闻媒体只是关注了本国运动员的入场，对其他赛事以及运动员的后续采访都很少。他希望把整个特奥会的情景传达给观众，因为有很多读者还是想看到开幕式和赛事的整体报道。他还说："我想告诉大家，我们特奥运动员并不惧怕媒体，我们渴望通过你向全世界及社会沟通，我们并不是一个残疾的人，我们希望把我们的心声传达给社会各界。希望媒体以后能给我们更大的空间。"

这次特奥会的新闻报道已有很大改变，开幕式已在世界很多电视台转播，包括巴基斯坦的体育台也有一个全程的转播。

但在上海特奥会的前期，对它的宣传还是不够的。

当然，作为运动会的组织方来讲，它的宣传资源一般都要留到运动会开始前几个月来用，这样能够营造气氛。但是，当你这么晚运用的时候，前面的平台就很难建立起来。

作为一个赞助商，他如果能全面了解这个活动，很多人是愿意献上自己的善心的。但由于平台建立得太晚，他们就会说，他知道得太晚了，他花了这么多钱，但已经没有时间来组织自己的员工做推广活动了，围绕着特奥的各种活动的宣传已经没有他的份了。

所以，陈洁觉得宣传是最重要的。做任何一样东西都需要投资的，对慈善来说，宣传就是最大的投资。

陈洁是上海人，在中国成长到17岁后，去了美国，成为美籍华人。她1999年毕业于哈佛商学院。她曾经在有政府官员参加的会上说，她本身不是执委会的一员，而只是特奥中心的一员，上海很有钱，但她为什么要为上海市政府筹这个钱呢？就是觉得政府花的是纳税人的钱，你省了这个钱，就省了纳税人的钱。而对于那些有机会提供赞助的公司来说，他们不光出了钱，他们还会搞活动，还可以通过这个活动来感染很多很多的人，通过他们的资源还可以宣传特奥，所以是两全其美的事。

为特奥运动提供捐助，一般人很快就能理解为什么要做这件事，而且这个事没有一个人会不同意，说我有另外的意见，不需要关爱这个人。这也是特奥运动能在30多年的时间里，从一个草根组织发展成为一个国际性活动的原因。当这个组织作为一个草根组织的时候，它的管理模式是不一样的，所需要的资金也是不一样的，但是，当它拼命发展，很快成为一个国际性的组织后，就面临着如何来管理和协调的问题。对特奥会来说，它现在的问题是管理结构没有跟上，它还在努力完善之中。这次中国举办的上海特奥会，把它的水平提高了很多，但国际特奥会不可能给中国多少支持，也不能提供多少经验。

在上海特奥会执委会的成员中，大多是政府职员，这个结构本身就是一个冲突，这个机构本身是不完善的，怎么在一个不完善的机构中把事情做好，的确很难。比如说，筹款的时候，按照国际上的做法，是忌讳分头进行的。他们一般会组建一个筹款部，下面可以分国际筹款部，负责在国外向国外公司筹钱，由陈洁这样一个能和国外筹资机构沟通的人来具体实施。在国内筹资就可以组建一个国内筹资部。

但上海特奥会不是这样。搞活动的部门总有一个资源的问题，这个要花钱，那个要花钱，那么执委会最方便的就是找自己熟悉的资源来解决。这就造成了虽然做的是商业运作的模式，但没有统筹安排。比如说，可口可乐公司是特奥的全球独家赞助商，他把赞助资金给了陈洁，他就有一个全球的广告宣传，他是独家赞助，就有强烈的排他性。其他公司就不能再来参与了。但是，如果另外一个部门为了做一个活动去找了一家上海当地的饮料公司，就违反了合同。这种类似的情况多次发生过。还有很多公司都是陈洁原先约好要去谈判的，但她还没有去的时候，执委会已经派人去谈了，有些公司就会带着协议来找她，说哪个部门也去找他了，都是特奥会的，这是怎么回事？所以，陈洁觉得这样做肯定不行。每一个部门有什么样的需求——需要钱也好，需要实物也好，都要有一个统一的规划。不能说，谁能要到钱就都去要。多头出动，对于资金的募集来说，反而会坏事。

特奥会之后，陈洁说她还会做一些慈善的事。她对特奥会这个事情还是很有感情的。她也会为它尽力。当然她也会找一份工作，不能一直是个志愿者。她认为，慈善在中国还是一个比较新的领域。除了特奥之外，还有大家非常关注的环境问题，还有贫穷与教育，这些都是很大很大的课题，而这些课题需要很多很多人去做。陈洁一直有一个想法，就是永远去做自己能够做的。如果每个人都力所能及地做一点点，那么这个事情就做起来了。

陈洁虽然没有特别的宗教信仰,但她相信中国传统文化中一直强调的行善积德是有力量的。她做这件事还有一个原因，就是2005年8月份她父亲去世后，她一直很伤心。所以她来做这件事情，也是因为她的内心需要安慰，需要用这种方式来怀念父亲，并继续行使自己的孝道。

中国有很多人是信佛的，不管是因为什么原因，每个人都有医治自己创伤的方法。陈洁有很多从哈佛毕业的同学，有不少人在商业上做得很成功，还有一些在很重要的职位上——哈佛商学院出来的几乎都是这方面的精英。前几年她也是。在父亲生病之前，她从那个学校走出来，经过疯狂的网络时代，最高的期望就是要赚很多钱，但回过头来才发现，钱并没有那么重要。她想做那些能影响到别人，给一些人的生活能带来改善的事——即使只是一点点改善，也是一种真正的价值。她生于1968年，她说，人到了这个年龄，就会去想什么是人生真正的价值之类的问题。

陈洁说，每个女人都喜欢漂亮的衣服、首饰，但对她来说，如果她今天要花10万块钱买一个包，她就在想，这个包到明年她可能就不喜欢了，需要换新的了，就一点用处也没有了。而这10万块钱如果用到别人最需要的地方，就能供很多失学儿童去上学，就有可能改变他们一生的命运。她说，能够改变别人的生活不是一件容易的事，正因为不容易，所以一经改变，就是一件无比美好的事。

所以，这是一件可以用一生去做的事。

但很多人虽然有能力这么去做，却不这么想。

陈洁是从一个绝对商业化的环境中成长起来的，是从一个资本主义得不能再资本主义的学校出来的，但她认为，作为一个富人，一定要认识到，在贫富相差很大的情况下，社会就会出现危机。所以，从富人的角度来讲，你应该拿出一部分财富来济贫救弱。为什么？因为你帮助了这些穷苦的人，就提高了社会的稳定度。只有社会稳定了，你才能安安心心地花你的钱，赚你的钱，才能使你的财富永久。你不去做这件事，其实就是自掘坟墓。

陈洁是专门从美国回到中国来做这件事情，假如上海特奥会完全由她用市场化的方式来筹钱，要她来负责这个部门，她希望，第一，政府要做大力的宣传，在你拿到特奥会的申办权的时候，你就应该拿出大量的媒体资源从各个方面来宣传这件事，就像上海特奥会临开幕这样。这个事情，如果政府要做，是很容易就可以做到的。这一点在中国只有政府能够做到，它用三个月时间就可以在上海，甚至全国做到让老百姓都知道这件事情。这样你这个平台就建立起来了。接下来，所有的部门要有详尽的计划，今天交通需要什么，卫生方面需要什么，该怎么做——如果中国第一次做没有经验的话，可以到国外去请几个人来做顾问。

很多资本家有钱也有物，陈洁就是在提供一种需求，给他们提供一个能做慈善的机会。

美国很多人都知道特奥会，美国有不少公司都为特奥运动提供过捐助，有些公司每年都赞助特奥运动。在美国还做过一个市场测试，比如说同样是一块肥皂，你是特奥会的赞助商，我是奥运会的赞助商，你愿意买谁的，大多数人都愿意买特奥会的。这个善良的意识是很强的。在中国，在做好宣传的前提下，特奥的卖点也会比奥运的卖点好，因为作为一个企业家，他捐献的不仅仅是钱，更多的是爱，他可以让人感觉到他的爱心，这是任何广告都敌不过的。

第八章

最关键的时刻

一、关于最后的修改

顾抒航自从涉足特奥会开幕式，就是一直在非常忙乱的状况中度过的，但根据预先的计划，她认为自己越临近开幕，会越轻松。这是她希望的。因为在中国做节目，越到最后越是忙乱。她不想让演员忙得整晚整晚不睡觉，演出的时候只好挂着黑眼袋出场。但她还是没有做到。顾抒航给自己定下要求是：大量需要协调的工作在8月份一定要结束，到了9月就是要全心全力把这个开幕式做得完美。但可能是其他部门启动得比较晚，直到9月份才真正认识到这个开幕式的复杂性。所以到了9月份，还有大量的工作需要她花费大量的精力去协调，以至在演职人员时间精力的分配上，发生了很多不科学的地方。

跟踪拍摄纪录片的老外

最后，她只好寄希望于9月下旬的时候不要再每天工作到凌晨、甚至清晨才回家。到了最后还是不停地打疲劳战，这对工作人员来讲，肯定不好。她认为，到最后应该是养精蓄锐，去为最后的大爆发做准备。临阵忙乱，脑子会不清楚的。但结果还是和以往的大型活动一样，每天几乎都是早上4点回家，5点休息。

再最后，她又想，这次特奥会开幕式每一步都是按计划来执行的，到开幕的前几天，总可以轻松一些了吧，到了10月1日，必须全体休息，这样才能保证所有演员在10月2日把自己最佳的精神状态展示给全世界。但因为领导在最后审定节目时提出了20个需要修改的地方，使这个想法也泡了汤。

唐也知道在中国做节目，领导最后是要来审查的，有什么问题，他也欢迎你实事求是的提出，当然，他希望领导在民俗、意识形态等方面提出建议，因为这是领导很了解的方面；对艺术的形式和表达则应该尊重专家的意见。

客观地评价，唐的团队做事是严格按照计划来进行的，每一天做什么，这一天的哪个时段做什么，计划得都十分详细，他们这样做，就是希望尽量不去做无用功，避免到最后一刻去做改动。但唐也知道，他不是在美国做事，不同的国家的人有不同的行为习惯和做事风格，他要尊重和理解。但他是来做开幕式的，是在做一个面向全球的艺术活动，所以，他也不能一味顺从。他说，我给你一个时间节点，在这个时间节点前，你提出任何要求我都可以考虑，但过了这个时间节点后除非出现十分重大的问题，是什么都不可以改动的。

对于制作人来说，领导要到最后一刻才去审查节目的话，确实存在很多问题。拿开幕式制作来说，其中的服装设计、音乐合成等都是定下之后没法改变的——时间、质量和预算上都不允许你改变。但是领导不一定明白这里面的细节，所以常常会到最后一刻还要求去改。这一改肯定是全乱套了。所以外面传言说顾抒航很倔，不愿意改正领导提出的意见，事实上是客观条件根本不允许她去改。

顾抒航觉得，这件事是一个很系统、很庞大的工程，里面很复杂。如果变成用长官意志去做这件事情，领导叫她怎么去改她就怎么去改，任何无原则的要求都同意的话，就会造成很大损失，而且到了最后关头去做改动的话，那是自己给自己添乱。

二、体育场内外息息相关

9月27日，上海市有关领导和中央电视台台长赵化勇一行来看了带妆彩排。看完之后，他们在艺术上没有提任何问题，对主题大家都非常赞成，四个章节也很好。临开幕前，领导总体肯定，但提了20多条细节上的意见，在节目形式和内容安排上都是要求制作人员去调整的。当时，离开幕只有四天时间了。

制作人员就部分意见作了修改，没能修改的都作了说明。比如说，有领导提出特奥会会旗要大一点，施德容则说明，会旗不能大，因为体育场当场树了两面旗帜，一

升旗手在升中华人民共和国国旗

面是国旗，一面是会旗，国旗是早就升好了，在那里飘扬着的，会旗是开幕式过程中才升起的，两面旗帜是并排的，应该是一样大。但国旗只能这么大，什么样的场合用什么样的旗杆、升多大的国旗，《国旗法》都有规定，不能违背。而会旗不能比国旗大，所以它只能这么大。领导听了解释就明白了。

他们又提出，作为会旗的旗手走得不整齐，应该找仪仗队的礼兵正步升旗。施德容就解释，这是国际特奥会的规定，他们8个人中的7个是来自特奥会的七个大区的运动员，是从七个大区选出来的，所以不能用礼兵来代替。这些运动员在头天晚上训练时走过三次，都走得很好，不会出什么问题。其中带队的是我们中国的特奥运动员，她是“渔妇”角色的B角，人很灵，又戴着耳麦，听指挥走路，在前面领队，她保证没有任何问题。

还有的领导说，彩排的时候，转接得比较拖沓。总导演就解释说，他在排练的时候，把观众鼓掌的时间也算进去了，因为现场没有观众，所以没有体现出来。就这样，一条一条的，能改的改，不能改的都作了说明。

施德容在中间起一个承上启下的桥梁作用。把领导的意图，把要传达的中国文化的意图通过他和导演的沟通来实现，反过来，外方有些问题需要向领导说明的话，也通过他去反映和传达。

实际上，施德容沟通的事情比较多，但中间都有很大反复。最后他觉得他能基本上把各方面的关系理顺了。比如说节奏太慢的问题，他就要去征求意见，问是否可由央视来控制。然后他又为此去做老外的说服工作。最后他们形成了一个新模式，即哪部分由央视控制，哪部分由外方控制，都作了新的划分。为了体现“中方主导，中外合作”的模式，剧本的修改都由央视负责，老外根据这个剧本来进行节奏上的控制；

开幕式表演“勇气”（新华社供稿）

刚焊接好的用来演出的古帆船

同时，在正式转播时，对主席台人员的控制都由央视来执行。施德容认为，他的沟通工作基本上都是很成功的。

老外对最后阶段的修改提出了很多意见，他们认为领导的修改意见应该早点提出来，因为这样一个大型活动，不能只排练两三次，要很熟悉，演员、指挥、摄像都要把这些意图体现出来，临时来改的话，就会出错。

这中间也有客观原因。因为前面是分头排练，合起来排练也就十几天时间。在十几天的时间里，由于很多工作比较匆忙，加上开幕前5天，一场台风加暴雨，装好的灯光全部紧急卸下来，耽误了三四天时间，很多设备到达、安装的时间都比较短促。大家听了这些意见后，各方有各种各样的看法，但对来得及修改的地方最后还是表示接受。

其实看彩排要有相应的方法，这牵涉两个方面。首先是这里面有很多东西是没法彩排的，因为没有观众，所以没法互动。即使9月30日有观众的时候，也没法给他们道具，因为一套五万个人的道具要花好大一笔钱。所以与观众互动的那一部分都没法彩排，只能靠导演的经验在现场发挥。但绝大多数看彩排的人对观众互动这一块心里没底，甚至包括中方和外方的工作人员都低估了观众的欣赏水平和热情。其次不能彩排的地方是运动员的入场仪式。大家对运动员入场仪式要用多长时间，不断在改变期望值，出于文化传统的影响，中国人比较内敛，感情不太外露，所以一些制作人害怕观众坐在座位上的时间太长，场面太清冷。没想到最后观众给运动员的掌声和欢呼大大出乎了所有人的想象。这也告诉我们，千万不要低估观众的素质。

运动员入场仪式平均每个队多长时间几乎没法计算。开幕式上大家都看到了，伊朗、伊拉克的运动员很少，他们需要的时间会短一些，而中国队、美国队、俄罗斯队有那么多的人，需要的时间就会长。但在电视转播的画面切割时，每个队的时间是比较平均的——每个队20秒钟。

根据原来的预计，163个国家和地区入场的时间大概是一个半小时左右。但是运动员入场仪式是不是能做到这样，谁也没法掌控。就是一个队是否能出20秒电视画面也不取决于制作人。因为运动员到体育场后，要安检，进入候场区，去做准备工作，排好队，再到他们进行入场仪式的地方去，在这个过程中，即使是奥运冠军，也不是100%听指挥的，更不用说这些人是智障人。谁也不能保证在这个过程中不出现意外情况。

其实，在提前一年准备这个开幕式的时候，就在不断强调运动员入场仪式怎么来做。特奥会不是奥运会，参加奥运会的运动员都住在奥运村里，说要参加入场仪式，一万多个人就运来了，而特奥运动员分散在上海19个区县，每个区县里面还分五六个地方居住。这首先需要计算从每个区县的驻地到体育场要用多久的时间，到达体育场后要计算多少分钟进一个队，安检时平均一个人是多少时间，车子进来是怎么样的速度，之后停到哪里去，是不是所有的通道都清出来给运动员入场使用？对诸如此类的问题，运动员入场仪式总监都做了非常详细的方案，但直到8月份，还没有人有兴趣听，觉得那是在浪费他们的时间，他们就觉得你们把八万人体育场里面的演出搞定就得了。没有人意识到，八万人体育场里面的流程进行得是否顺利与八万人体育场外面的每一个环节都紧密相关。

这是一个令顾抒航感到非常失望，却又无可奈何的地方。

到了9月份，终于有人有兴趣听了，然后开始讨论这些问题。这时，他们才意识到，这是个很重大的问题，它涉及我们国家的领导人、外国元首，还有那么多观众在八万人体育场里面坐多长时间的问题，还涉及让特奥运动员在里面坐多长时间的问题。

三、央视转播迎接新的挑战

表面上看起来，大型活动在中国不成功的例子几乎是没有的，但要看是什么层面上的成功，是肤浅的，还是深层次的。

这次特奥会开幕式完全不同，它是第一次向全球展示中国的文化，展示一个传统中以仁爱和善为本的东方古老国家的风貌。它要获得各个地区、各个不同文化背景的受众一致好评，那是非常困难的。没想到开幕式结束后，却取得了这样的效果。如潮的评论中几乎都是赞美——专业人士、非专业人士，年老的、年轻的，中国人、外国人最后都是肯定的，而且有一些评价非常高。

在这种情况下，很多人就会好了伤疤忘了痛，就失去理智了，觉得自己真是那么回事儿了。施德容和顾抒航与一般人不一样的地方，就是他们的头脑一直是清醒的。人家说他们冷血，其实是一种理智。在别人都说好的时候，他们很清楚还有哪些不足，出了哪些问题；问题出在哪里；这些问题为什么会出现。

其实，顾抒航首先担心的是运作过程中出问题。因为这里面存在的差异太多了，中国人跟外国人、中国人跟中国人的差异都有，中国人中北方人和南方人也有不一样的地方，最怕出现的一个问题就是大家合作不下去了。这个过程管理得非常好，她又

国际特奥会主席施莱佛在开幕式上致辞（新华社供稿）

怕结果没有达到理想的状态。

开幕式最后出来的效果比所有人期望的都要好。特别出人预料的就是所有人都能接受。在整个开幕式中，没有一个大明星去唱一首歌，开始还有很多人为此担心过。后来觉得如果有一个流行歌手去唱一首歌的话，反而把这样一个整体性的东西给破坏了。

但并不是说所做的每一个东西都超出了人们的预想。虽然没有出现硬伤，但还是出现了一些小问题。

按理，这种对全球转播的大型活动，不能有一点疏漏。有很长一段时间，顾抒航和外方的制作人员都非常着急，但我们已经习惯在最后赶时间。

这种大型活动的电视转播，按照外方的要求需要提前一个星期就带机彩排的，也就是要让电视镜头熟悉开幕式的节目内容。但央视有关人员认为太早了。事实证明，一个礼拜都来不及。所以最后在转播的时候就出现了一些有缺点的镜头。

为什么电影的每个镜头都很准，就是因为别人花费的时间多。如果这是一个综艺节目的话，就可以随便拍，因为它只有一个机位。但开幕式那么大一个舞台，每一个角落的细节都不一样。央视在现场彩排的时间不够，不少镜头就没有出来。

当然，这是一项要求极高的工作，包括以往奥运会在内的电视导演没有把现场导演的意图体现出来的例子是很多的，悉尼奥运会就是一例。

特奥会开幕式的节目镜头不由制作方控制，而是央视直接控制的，这是中外合作的一大特点，也是一个限制，电视导演有可能无法把节目导演的意图完整地传达给受众。最好的办法是现场和电视是同一个导演，现场导演最好也坐到转播车里去，他在转播车里发指令给现场的转播中心，但对导演的水平要求非常高，全世界没有几个人能做。特奥会开幕式的总导演唐在美国本来就是一名非常有名的电视导演，在做亚特兰大奥运会开、闭幕式时是总导演，也是现场导演和电视导演，他在这方面达到了世界最高的水平。然而中国的电视台不可能让美国人来做电视导播，不可能由唐在现场发转播指令。

如果一个人平时，甚至到最后几天都不认真，一定要等到最后时刻才用心，可能就来不及了。这里面有很多重点的细节要记。比如说在火炬传递的时候，为什么第一棒要交给刘翔？中国代表团出场的时候，为什么有姚明？这诸多场景都有故事在里面，作为电视导演，你必须要抓得住这些场景背后的东西。

全世界十几亿人，几十亿人在看这个电视转播，就是看你这个镜头是怎么出来的。在现场的转播中，这一点表现得很到位，这现场的大屏幕转播恰好由老外在负责。因为从创意到制作他们都参与了，对每个细节都非常熟悉，所以他们非常了解整个转播该怎样用镜头来表现。在开幕式中，由河南登封市嵩山少林寺塔沟武术学校的学员垒成的长城，是一个很重要、很宏大的场景，不过要让长城在电视里看上去像一个长城，就需要用镜头来传达和表现，但转播的时候只有一次是体现出来的。成龙说那四个“你好”的时候，说一次“你好”会燃放一次烟花，但那个烟花根本就没有拍好。当成龙说四次“你好”时，观众用头巾拼出的图案是“你好”的中文和汉语拼音，下面有四张笑脸，这个重要的镜头却一闪而过，只有两秒钟。如果定格定在那里是非常漂亮的。还有渔妇跟大风浪搏斗之后出来的那道彩虹，它在看台出来的时间是不一样的，是一波一波漫到全场，最后出来的全都是彩虹。这个也没有拍出来，只有分镜头有一部分。

这些内容从创意到最后正式演出，每一个制作人和演员都付出了大量的汗水和心血，在现场的效果都非常好，但电视转播时却没能传达给观众，的确是令人既感到伤心又感到遗憾的。这种现场转播跟拍电影不同，它在转播时只有一次机会，而电影只要有胶片，可以无数次地重拍。一个电影镜头可以拍一天，但这种大型活动中那些精彩的瞬间如果没有抓住，就永远流失了。

国外一些大的活动都是自由职业者组成团队去做的。这种概念在中国还比较少。在国外，电视就是一个播出的平台，内容都是一些团队在做。像唐每年都还要为美国的几个大电视台做很多东西。

在这种中外合作的模式里面，文化理念上和思维方式上的差异随处都可以感觉到。

在中方团队里，有些人很排外，老是把美国人当作“美帝国主义”，直到最后他们还认为，为什么要用美国人，我们自己也能做啊。事实上开幕式的很多东西也的确是中国人做出来的，但把这个东西变成一个整体，把一个想法最终通过一个整体很完美地呈现出来，还是离不开唐，经过他不断地策划、沉淀、设计，最后才完整地表现出来。这就是他的水平。正因为他有这个水平，所以我们才需要他。

外国人刚开始的时候，也会有偏见，但他们不会让这种偏见来影响工作。随着他们对中国人的了解，这种偏见会很快在他们心里消除。

所以说，在这方面，我们要赶上世界水平，中间的差距还很大，还有很多的路需要走。当然，所有大型活动都不可能是十全十美的。中国是第一次搞这么大的活动，中央电视台也是第一次做这么大活动的电视转播，还缺乏相关经验，做到这种程度，实属不易，即便出现以上不足也是难免的。

很多行内人士认为张艺谋碰到的最大的挑战可能就在这里。张艺谋所做的的活动之所以能够成功，首先在于他是一个非常优秀的电影导演，他会把现场做得非常到位，但他很少做过电视直播。他导演过《图兰朵》也是现场的，但不是直播，更不是向全世界那么多国家和地区直播。所以奥运会开幕式的电视转播最好能由外方团队来承担。

中央电视台对特奥会开幕式这件事是非常支持的，用了央视最好的设备，而且只收了很少的钱。他们一共动用了200多人、三个系统转播，一个是中国国内的系统，一个是国际信号系统，还有一个是现场转播系统。这200人如果是在国外，就这一个礼拜的工资也是一笔很大的数目。他们就是在国内给别人去做这件事的话，肯定也不是这个价钱。

其实，转播中出现的这些不完美之处，上海特奥会开幕式制作有限公司也有责任，唐非常有经验，当初如果让唐稍微参与一下，给他一些提供意见的权利，他肯定会给出很好的建议；还有，唐在很早的时候就给顾抒航建议过，是否可请梅诺梅来做顾问。这样，梅诺梅可以对央视的技术方案提供一些意见；还有，有些机位可以请一些外国人来做。就像顾抒航第一次做黄金大赛转播一样，当时用的就是国外团队。当然，最

参加演出的上海师范大学和华东师范大学的学生正在排练

雨中排练雨中排练

后镜头怎么播出还是张晓海说了算，遵循的还是“中方主导”的原则。

当时说16个机位的时候，张晓海就说我们中国人一个人能干很多人的活，哪像美国人一个人就干一个人的活。这不是没有道理，但央视必须特别注意才行。

带机彩排其实在一个大型活动的转播中，是很关键的。他们要把头天晚上在转播车里拍摄到的东西拿出来看，看后，次日带机彩排时再作调整。16个机位要合起来看才行，如果16个人只来了10个人，那就是不完全的，你还是看不到整体的效果。这个过程要一个礼拜，每天两次，一直到最后出来最完美的效果。

我们国内的直播肯定是国家领导人的镜头要多一点。最后，在这个问题上，中外双方也产生了争执。张晓海和唐·米歇尔最后搞得有些不愉快，就是为了非常简单的问题，比如音响谁控制，大屏幕谁控制，主持人谁控制?

央视也曾有人提过一个建议，即主持人由中方和外方一起控制。这可能体现了100%的中外合作。但如果形成了决定，现场就会大乱，因为一个主持人虽然有两个耳朵，但她没法同时听两个人的指示。

最后，经过沟通和协商决定，在转播时凡是涉及国家领导人的部分都由张晓海控制，其余的都由老外控制。

中央视台长赵化勇同意了。因为第一次见面他看了唐的录像就说过，唐是一个非常有经验的美国导演。他非常明白中国很少有导演能做到唐那样。

中国以前也没有这样一个平台，张晓海这次做了，下次如有机会，他是有可能去做的，而且一定一次比一次做得好。

据说北京奥运会的全球转播没有让央视来负责，就是因为它的经验还没有成熟。

中国所有的电视台在转播体育、娱乐节目时，都是对着一个点拍摄的。舞台就是那个模式，没有特奥会开幕式这种流动的、全场的效果。就像我国的体育比赛，只能在足球、羽毛球、篮球、排球等赛事中做比较成功的电视转播，这一点，央视五套、东方卫视体育频道都可以做，但黄金大奖赛这样的赛事，国内的电视台在转播方面就很吃力了。因为全场无数的点都有事情在发生，都需要切割，这需要很多很多的机位，对导播的要求非常高，在国内很少有人能做到。

北京奥运会更是如此。对这么大规模的转播活动，我们只能听国际奥委会的，让美国国家广播电视台（NBC）来做全球转播。

因为我们做不了！但我们不能永远做不了！！！

一般的观众看开幕式只是看表面的华丽和热闹，但一个高明的导演在转播时要让

日出而作，日落而息，敢比天命，谁更有力（新华社供稿）

杨燕扮演渔妇的 B 角，这是她在参加排练

他们看到华丽和热闹之下的东西。

有业内人士评价，特奥会开幕式的转播如果让梅诺梅来评判打分的话，不会有高分的。梅诺梅原是西班牙电视台的总工程师，做了巴塞罗那奥运会后，国际奥委会就把他聘去了。他负责管理北京奥林匹克传播公司（BOB）的所有活动，包括开闭幕式。奥运会的电视版权是国际奥委会的，这也是国际奥委会的主要收入。现在国际奥委会把奥运会的版权都卖给了美国的NBC，NBC再卖给各个国家的电视台。所以，每到一个主办国做奥运会的时候，奥组委、国际奥委会就会跟当地的奥组委组建一个合资企业，比如雅典就是雅典奥林匹克传播公司（AOB），北京就是北京奥林匹克传播公司（BOB）。为什么要做一个合资企业来管理奥运会的传播呢？这是因为设备之类的东西肯定要当地投资，但转播的质量是有标准的，比方说田径比赛，转播的标准像一本书一样，非常细，也非常严格。开幕式也是如此。这个标准就由梅诺梅来控制。他手下有1000多人在为他工作，有很多外国人，也有中国人。

中国的电视台在羽毛球、足球等方面的制作能力是不错的，那么就由中国的电视台来做；芬兰电视台在做田径转播方面很有经验，田径的转播就由芬兰电视台来做。你机位怎么设置，你去怎么拍，你要有详细的方案，你的方案梅诺梅同意后，你才能按照这个方案去做转播，这样出来的东西在全世界才是符合质量标准的。

如果当初把特奥会开幕式的方案交给梅诺梅去看，他一看只有16个机位的话，肯定是通不过的。唐·米歇尔也知道这一点，但他非常明白他跟央视的分工，所以第一次张晓海讲16个机位的时候，唐就没有吭声。唐认为既然张晓海那么说，也那么有信心，唐就不去干涉，因为他本身也是电视导演。如果唐做这个电视转播，也不希望别人来告诉他，他的机位少了，他该怎么怎么样。他想，张晓海既然定下16个机位，肯定有他的理由和做法。

结果是那天很多做过大型活动的老外对这个转播还是很不满意，他们有丰富的经验，一下就看出仅用这些机位，是没法做一场精彩的转播的。有一些老外的眼泪都要出来了，因为如果他们花这么大的精力，这么大的工夫做出来的开幕式，电视上没有体现出来，他们就白做了。这是没有办法的事，悉尼奥运会的导演在悉尼奥运会开幕式的现场就掉眼泪了，因为他看到电视转播出来的那些镜头，根本就不是他要体现的那些东西。但是以往很多奥运会开幕式的导演都有这样一个说法，即不要看电视转播，要让现场成为最终的记忆。这是因为电视转播要实现的意图是不一样的。

这是央视第一次参与这么大规模的转播活动，第一次用16个机位来做现场转播。

可以说，他们的确尽力了。

特奥会开幕式结束以后，还有人认为一个大型活动，用一个礼拜两个礼拜的时间就够了，特奥会开幕式排练用了3个月，大家就感觉太长了。很多人就不理解，说，不就是一场演出吗？真的需要3个月时间吗！

我们现在什么都在讲求速度。一件事情如果不快起来，就有人觉得很不正常。我们根本没有精打细磨的时间。这其实是一种浮躁的表现。

任何东西，要把它做成精品，你都需要去理解，去琢磨。

特奥会开幕式的电视转播也是如此。相信央视的参与人员能够总结得失，这样就能使得整个转播团队的力量和能力提高很多，并且珍惜每一次难得的机遇，多少年后，他们完全有能力把这种世界级活动的转播做成一流水准，终有一天，他们可以跻身全球最优秀的同行之中。

第九章

永远的开幕式

一、这不是一个简单的慈善活动

很多来做特奥会开幕式的人，在做完开幕式后，对人生都有了新的认识，一些人的价值观也随之发生了变化。这个开幕式与很多商业演出不一样，中外团队通过艺术表现来赞扬智障人的成就，虽然说这是一个简单的演出意图，但如果不是从内心深处建设崇高的境界，是无法取得如此巨大的成效的。

包括唐·米歇尔先生，他从来没有把这个开幕式当作一次赚钱的机会，事实上，

参加演出的智障演员。从左到右分别是：蒋震、薛子滢、高鹏、古乔、屠俊、柳渊、吴方淼、藤春云、黎美英、杨燕。其中，高鹏和蒋震、古乔和薛子滢、吴方淼和屠俊、柳渊和黎美英、藤春云和杨燕各为 AB 角。

①新闻发布会上的大卫·金博格
②巴基斯坦特奥运动员、特奥全球大使阿迪尔谈特奥会开幕式
③外方总导演兼总制作人唐·米歇尔在开幕式结束离开上海之际的新闻发布会上，谈及开幕式的成功举办喜形于色，左为外方总制作人大卫·金博格

开幕式制作有限公司支付给他的报酬是很少的。他是把开幕式当作他人生中一件很重要的事情来做的。对这个制作团队的其他人来说，这也不是一个简单的慈善活动，他们是希望通过2007世界特奥会开幕式，使中国人和外国人看待智障人的眼光会和以前不一样。所以，每一个人都抱着这样一个信念，哪怕为这个开幕式作一点微小的贡献，对他个人来说，都是一件大事。

施德容和顾抒航通过和智障人士的接触，觉得他们并不是一个弱势群体，因为他们并不需要你去可怜他，因为他们并不懂得可怜是怎么回事，他们并不知道什么叫怜悯。他们很快乐，他们不像我们想象中的那样不快乐。他们需要的，只是你把他当作一个正常人去看待。他要求的是一个平等的机会。这是一个非常简单的、每个人都想得清楚的道理，但并不是每个人都能够做到。

所以说，很多人对智障人的了解还是很表面的。一种很普遍的错误认识就是觉得他们是有很明显的特征的，事实上并非如此。这次开幕式所用的群众演员像鼓手高鹏、渔姑藤春云，都没有很明显的特征，甚至是长得很漂亮的；智障的表征并非都是唐氏综合症和脑瘫。唱主题歌的小歌手古乔长得非常可爱！但她只是得了严重的自闭症，这也是智障的表现。主创人员希望通过这些演员，改变人们对智障的简单认识，使人们在认识上有很大的突破。

之所以说他们不需要怜悯和同情，这也是施德容和顾抒航在和智障人士的交往中认识到的。有一个叫褚震龙的智障运动员，他是辅读学校的学生，得的是脑瘫，身体失去平衡，没法控制自己的面部表情，走路也非常困难。他用很艰难的方式说，希望别人不要用异样的眼光看他。这绝对是一句高智商的话，这句

特奥会全球形象大使、好莱坞影星柯林·法瑞尔（新华社供稿）

莫比斯环燃烧着圣火从水幕中徐徐升起（新华社供稿）

话讲的其实就是人和人之间的平等。

这就是特奥会最大的意义所在——它追求的是人和人之间的平等和包容。

世界其实特别需要这一点。民族人种的不同，文化背景的各异，宗教信仰的差别，如果没有人与人之间的平等包容，人类就不可能和谐共处，休戚与共。即使在平时的生活中，两个亲近的人之间也是有差异的，两个人的价值观、职业、兴趣、爱好都会不同，但是两人能够坐在一间屋子里，就是因为彼此能够接纳对方。

如果这个世界上所有的人都是抱着平等包容的心态去对待其他人的话，世界就不会有战争，不会有冲突，这就叫和谐。

所以很多做开幕式的人都意识到了，这其实是一件非常伟大的事情。

对顾抒航来说，开幕式使她的价值观改变了。现在，她会觉得人生中有些东西其实很简单，但正是这些简单的东西让你得到了很大的满足，就像有人讲，健康最重要，但他并不知道这里面的意思是什么，只有大病之后重新获得健康的人，才会认识到它的美好。有人说亲情最重要，他一定是有过失去亲情的痛苦才能体会。通常是失而复

得或者是失去之后再也得不到的东西，人们才会加倍珍惜。

顾抒航通过制作开幕式，看到这些智障人士对生活的要求很低，但他们很多时候却比很多所谓的正常人活得快乐。所以，她认为，你如果比一般人多一点能力，你就该去帮助别人。事实上，顾抒航讲的不是一句虚伪的话，她就是这样去做的。她说，她虽然没有很多很多的钱去帮助别人，但她可以用自己的才智去帮助人。比如说，通过这个开幕式，他们挑选了高鹏、藤春云、柳渊、吴方淼、古乔这五个参加演出的智障演员，他们通过自己的演出，重新确立了自己的生活信念，他们的人生从此会不一样。这就是他们这个开幕式制作团队对他们作出的一点帮助。他们把智障人内心的东西表达出来，也相信全世界的人，通过这场开幕式会重新看待智障人，这也是他们对世界作出的一点贡献。

这个开幕式更多的影响是后续的，它的功德将逐渐显现。

二、我希望自己永远不要从这个美梦中醒来

由于特奥会开幕式在国内外取得了巨大反响，10月7日，上海特奥会执委会再次组织新闻发布会，邀请了特奥会的官员和部分专家到会，接受记者的采访，其中有国际特奥会董事局的董事、社会活动家、企业家奥斯·基尔肯尼，国际特奥会董事局成员、总裁首席代表、东亚区主席容德根博士，国际特奥会竞赛部部长李·托德，巴基斯坦的特奥运动员、特奥全球大使阿迪尔，国际特奥会执行副总裁彼得·威勒和施德容等人。

奥斯·基尔肯尼5年前曾来到上海，考察了上海的体育设施，认为上海是第十二届特奥会最适合的主办城市。当时上海市政府作出了一个庄严的承诺，希望把2007年特奥会办好。他说他今天看到这个承诺已经实现，这次特奥会办得非常精彩，这也是一个梦想的实现，他很难用言语来描述的。

所有特奥会的参与者都是来体验、包容、接受这个概念的，胡锦涛主席的出席以及整个开幕式精彩的表演，都很好地体现了这一点。

奥斯说，在整个特奥会中，给大家留下最深刻印象的、最为精彩的无非就是开幕式，我觉得这次开幕式可以和历届特奥会，甚至奥运会媲美，如果要找出一个具体的可以与其媲美的开幕式的话，那就是1992年的巴塞罗那奥运会开幕式。这个东西为什么会感人，不仅是音乐、舞蹈，灯光、编排、高科技等元素，这只是外在的。这个开幕式之所以可以和巴塞罗那奥运会相媲美，是因为其他开幕式用了很多高科技手

金色的帆船航行在蓝色的河流上

中国演员赵薇在开幕式上（新华社供稿）

段，而上海特奥会开幕式和巴塞罗拉奥运会开幕式一样，恰恰没有用那么多高科技的手段，而是充分运用了文化的东西。

它是用文化和情感取胜。大家都在赞美这个舞台。这个舞台再加上世界各国的运动员坐进去之后，没有感觉这个场子是空的。这个构思很巧妙。

上海特奥会开幕式的精彩之处就是把一些传统的元素用一些非常简洁、非常生动的色彩以及充满活力、充满生机的音乐，用很好的技术表现了出来。它在把传统中国元素有效地结合在这样一个体现包容、接受的国际赛事方面，表现得非常出色。整个开幕式带给大家的是一个视觉和听觉的盛宴，他相信，即使在将来，大家对这个开幕式也一定会留下深刻的印象。

容德根说一口流利的英语。作为特奥会东亚区主席，他认为特奥运动除了欣赏这样一个精彩的开幕式之外，还要把特奥的理念在170多个国家和地区进行宣传，把它介绍到社会当中，减少对智障人士的歧视，使他们能够融入到社会当中，给他们自己及其家人带来幸福。

他希望把特奥运动深入到每一个城市，深入到每一个社区和村庄。

他在东亚地区就是这么做的，在过去的15年当中，他一直在不断地推广特奥运动。在中国的山区、高原也有一些智障人士，国际特奥会也是通过中国残联的邓朴方先生做了大量工作，把特奥的精神和计划带到了这些偏远地区。他在中国取得了很好的成绩。过去几年，中国政府在特奥运动发展中投入了大量资金。国际特奥会在中国有一个由9000个家庭组成的爱心网络来支持这个事业。他和施德容博士合作多年，得力于施德容的努力，上海也成了特奥会推广特奥运动的一个模范城市。

这次特奥会开幕式的确做得非常完美，整个效果都是令人震撼的。它呈现了一个非常精彩的、无与伦比的视觉盛宴。开幕式之后，不管是在上海的大街小巷问普通民众，还是和酒店的员工闲聊，他们都会说，开幕式给他们留下了难忘的印象，他们知道了原来特奥会是这么大、这么隆重的一个赛事。这个开幕式的成功，无疑推动了人们对特奥会的认识。

李·托德是负责特奥会赛事的。他在1996年就到过中国，并和施德容博士结识，此后一直和他进行合作，整个合作过程非常愉快。他说，他想用英文的“奇迹”这个词来描述这次特奥会。

他掩饰不住自己内心的激动，他说，大家比较有感性认识的就是特奥会开幕式在创意上的奇迹，其实还有一个组织、安排及后勤方面的奇迹。他是负责运作的，所以

灿烂的焰火

他更愿意从后勤方面来看这次开幕式，他看到有这么多的运动员能够这么迅速地入场、就坐，能够在结束后有序地退场、回到酒店休息，次日有充足的精力迎接挑战。

在他的职业生涯中，他一共参加过三届奥运会、历届特奥会中的十届。他参加奥运会和特奥会要么是以志愿者的身份，要么是以观众或工作人员的身份。但回顾一下他参加的这些特奥会或奥运会，他从来没有来过像上海这么大的城市。现在这座城市的人口已达到1800万左右，以前举办这类赛事的城市都不及上海十分之一这么大。举办这么大的一个赛事，在后勤及物流上的挑战非常大。但上海特奥会的组织能力非常强大，大家根本不用担心运动员的巴士会不会准时到达，运动员的接待会不会有问题。接待工作以及场馆的布置都安排得非常高效，组织得非常有序，从机场的接待中心到入住的酒店，再到比赛的体育场馆的安排都非常好，享受的交通服务非常畅通。

他说，他是一个专业人士，所以他是一边看开幕式，一边在看秒表，进场的运动员、教练、陪同人员一共达到了 10500 人，但一共花的时间才 1 小时 8 分钟 53 秒。

开幕式结束后，他在东亚酒店五楼以及通过大屏幕观察运动员退场的情况，整个退场都非常有序，他们都顺利地找到了自己的车辆，并在 12 点之前回到了酒店。只有一个运动员和自己的国家队走散了，但很快找到了自己的酒店。这么多的人，这么大的一个活动，能够在这么短的时间中做到，也是非常不容易的。

之所以做得这么好，是由于特奥会开幕式组织机构的安排得当，还有观众的功劳。中国的观众都非常礼让，他们让特奥运动员先走，然后他们才陆续离开，他们的支持起到了很大的作用。

他说，能把这一切做得这么好，的确令人惊叹！

彼得·威勒以充满了诗意的话开头。他说，有时候他觉得所有的星体都排成一条线，所有的东西对他们来说，都非常有利，这次特奥会就是一个非常完美的、也是非常幸运的时刻。这次特奥会引起了中国和全球的关注，同时也对明年在中国举办奥运会有了一个更好的期待，所以很多人都在关注这届特奥会办得怎么样。

这届特奥会的执委会给予了史无前例的承诺。整个开幕式的中外制作人员在施德容博士的组织下，成立了一个非常有创意的团队，给大家呈现了这个开幕式。这完美地体现了一个全新的境界，引起了全球对特奥、对特奥运动员的关注，也引起了全球媒体的关注。

他证实说，这次特奥会有一个全新的举措，就是开幕式的实况转播和延时转播达到了80家，这在特奥会历史上是前所未有的。他说，他相信下次转播特奥会开幕式的国家和地区不只是80个，而是180个。

另外，他还给大家讲了一个故事，说开幕式当天晚上，一个美国《华尔街日报》的记者到半途就非常感动，当即就在现场写了一篇报道，马上传到他的报社，进行发表，那位记者觉得这是一个即使在整个奥运会和特奥会历史上也从没有过的开幕式。

他还透露说，在这些观众里面还有一位非常知名的中国人士，他找到开幕式的制作人说，我真不希望这个开幕式就这样结束了，我多么希望它能够永远演下去。

他也希望开幕式不因此而结束，他说："其实它也的确没有结束，整个特奥会正在各个场馆中紧锣密鼓地进行。正是开幕式的精彩，起到了一个很好的媒介作用，可以让很多人、很多媒体来关注特奥会，让特奥会的理念和精神一直传递下去。"

彼得·威勒说完这些话，就要赶往机场。他在离开之际动情地说，中国的文化并不是一个崇尚个人功名、功利的文化，但他还想讲一句，正是通过和施德容博士的合作，才在创意上面有了一个非常革命性的变化，他们才得以把中国文化的多样性融入到这次开幕式中，把中国的文化元素整合到全球的文化之中，使得人们能够享受到这样一个精彩的开幕式，所以，在这里要非常感谢施德容博士和他的团队的努力。

特奥运动员安德瓦尔德的母亲说，我非常感谢这场特奥会开幕式，非常精彩，真的是令人难以置信，比我在人生中看到的任何比赛的开幕式——比如说超级碗的开幕式，都更有意义。她说，所有这一切，使我置身在梦境当中，我希望自己永远不要从这个美梦中醒来。

三、中国的特奥事业正在走向辉煌的未来

这是一场世界上最特殊的盛会，是特奥会第一次在东方、在一个发展中国家——向整个世界普及、传达、弘扬人类的大爱、平等、包容精神的盛会，是体现人类和谐与文明的精神又一次向更高层次迈进的盛会。

美国《新闻周刊》报道说："中国国家主席胡锦涛倡导建设一个更加充满爱心和团结的'和谐社会'，这个理念与特奥会的主题十分协调。"

《华尔街日报》记者在开幕式当日发回报道称："特奥会开幕式非常精彩，充分表达了特奥运动的包容精神。"

印度媒体的记者这样报道："开幕式是其迄今为止看到的最好的开幕式，在特奥会历史上堪称空前绝后。每次想起这样恢宏的开幕式就会意识到中国人的伟大。"

正是如此，人类走到21世纪，它的文明应该是关注每一个应该被关注的人。特奥会追求的恰恰就是人与人之间的平等，关注的恰恰就是被人类数千年来所遗弃和歧视的人。所以，秉持着"技能、勇气、分享、欢乐"精神的特奥会自诞生之日起，就与人类的爱紧密相连。

能为特奥精神在世界上的传播尽微薄之力，这是我一生的荣幸。所以，我虽然知道这是一项很难完成的任务，但作为一名军人，我还是像一名勇往直前的士兵一样，投入到了这场战斗之中。

在这无边的酷热中，我怀着一颗虔诚之心，用数月之久，无数次穿过上海地铁的明亮和幽暗，一步步走近它，终于得以走进它华丽背后的酸甜苦辣，走进它的梦想和光荣，看到了它作为人类最美的艺术之花在上海、在中国、在东方、在世界完美绽放的过程。

我知道，特奥理念的推广在很多国家，特别是第三世界国家还是个任重道远的事情，在中国，同样还有很多路要走。上海是个精神和物质文明都比较发达的城市，接受这种理念就会快一点，但在偏僻和落后一些的地区，在温饱问题还没有完全解决的情况下，提出智障人的问题，大家还是会觉得有些不切实际。

特奥会在原来很多人的概念里面，是一个小运动会，好像是不上档次的，只有奥运会才是正规的，登上大雅之堂的。但现在，因为它涉及弱势群体在人权方面的保障，

开幕式上的威风锣鼓（新华社供稿）

①②绚丽的焰火

这种状况已发生了变化，上海特奥会之后更是如此。

这个理念从理论上来说，大家都是能接受的，然而在实际生活的操作中，还不是那么一回事。特别是在农村和城市的贫困地区，智障人依然是普遍受到歧视的。这在我们的日常用语中也有体现，比如说这个人像傻子一样，就是一种贬义的、歧视的态度。

现在，通过特奥会的宣传，让正常人认识到，智障人的生命价值和我们是一样的。我们不仅仅是关注他们，帮助他们，我们是要以同等人的态度对待他们。这个意义更重大一些。

所以，施德容、顾抒航，包括所有特奥会开幕式的制作人员都在想，这种运动会的理念必须有一个形式的支撑，因为用说教的方式要让它深入人心恐怕很难。举办一场运动会，搞一个开幕式，就是要把大家的目光都聚焦到这里来。观众看起来是在关注这场运动会，关注这个开幕式，实际上在无形中接受了特奥会“勇气、分享、技能、欢乐”这四大理念。这就是特奥会规模之所以要做得大，形式要做得丰富，以此来让人们关注的意义所在。

对人的关注是人类文明进步的一个重要标志。一开始我们关注的是男女的平等，这个问题解决后，开始关注种族的平等——少数民族的、黑人的，等等，现在这个问题在世界上也基本解决了。然后就关注到残疾人，残疾人的人权也提高了；最后把目光关注到智障人士。大家意识到，生命是平等的。每个人都有权利生活在世界这个大家庭里。这是全人类理念的一次重大更新。这说明我们的社会更加进步和文明。

对残疾人和智障人的关注和爱护是和经济发展密切相关的。总归是有一个层次递进的，首先解决的就是正常人的温饱，然后才会关注到残疾人，再关注到智障人士。经济发展了，这些问题就会比较容易解决。如果经济状况很落后，这个问题最多只会停留在口头上。像上海的经济条件比较好，有钱可以去照顾到他们。上海的智障人都可以进辅读学校，有专门的一批人从事这种特殊教育，大学里面也开设了这种特殊教育的课程。这些人大学毕业后就从事这方面的教育。对辅读学校毕业的人，上海的每个社区都有阳光之家，让他们从事一些力所能及的劳动，然后给他们报酬，进入社保；另外还给他们组织一些活动，搞一些画画、剪纸之类的艺术创作，让他们能够融入到社会中，而不是像过去那样把他们锁在家里，不让出门。现在，他们毕业了，每天就会像正常人一样上班。他们有自己的一个小社会，有自己的活动空间，有地方去交流。

我们希望并努力帮助智障人可以像正常人一样拥抱阳光。

在上海的阳光之家，有义工和专职人员做智障人的辅导员。智障人上午由家人送

“莫比斯环”燃烧着熊熊圣火从水幕中徐徐升起

到阳光之家，可以一直呆到下午三点半，家里人再把他们领回去。到阳光之家去采访过的人都知道，这些智障人不愿意呆在家里，想到这里来，他们觉得到这里来很开心，在这里他有友谊，有人的尊严，所以阳光之家是他们真正的家。

但要在前几年，上海也不能完全做到，正是因为近几年经济发展了，政府有条件了，才能把纳税人的钱拿出来，来做这个社会福利。

欧洲和日本的经济也很发达，但他们没有像美国人这样来关注这些人。美国是个经济很发达的国家，另外对智障人的关注，应该说在世界上是走在所有国家的前列的。但现在，欧洲已经重视智障人的权利。希望这种形势能扩展起来，扩展到亚洲、南美洲、大洋洲、非洲，直至整个世界。

所以，中国经济发展以后，也必然会关注智障人，重视智障人的权利。

这次上海特奥会就是中国给所有发展中国家带的一个头，而上海给全国带了一个头。

上海之所以要主办这次特奥会，并且要把它办成特奥历史上规模最大的运动会，要制作这个最为盛大的开幕式，目的是要传达给世界一个理念，即中国要关注这些智障人，并且要让全世界去关注他们。同时这个开幕式也要告诉所有人，智障人和我们一样，可以去爱，可以去生活和学习，反过来，我们也要告诉全世界的智障人，他们和其他人是一样的。当然，我们也在传达中国全社会对智障人的关怀和爱护，这也是中国政府向世界传达的一个重要信息。虽说特奥在中国是一个发展较晚的项目，但这种发展却是飞跃式的。中国通过2007年上海世界特殊奥运会的活动告诉全世界，中国是尊重人权的，不仅是对一般人的人权的尊重，对智障人的人权也是尊重的。今天，我们完全可以说，中国成功举办的世界特奥会，精彩难忘的上海特奥会开幕式，无疑是令全世界信服的行动。

国际特奥会也竭力支持中国来做好这件事情，因为中国的人口基数大，当中国的智障人生存条件改善了，就表示世界上有四分之一的人接受了特奥理念，特奥事业在全世界将有更大的发展。中国的特奥事业正在走向未来，这从一个侧面反映了中国在国际上越来越重要的原因。

四、城市精神的最好诠释

作为特奥会的重头戏，开幕式以特奥精神糅合着璀璨的中华文明，极其成功地用国际艺术水准和普遍接受方式向全世界展示了中华文化的魅力，开幕式的制作过程充

激动人心的一刻

热情的现场观众参与开幕式表演

分展示了“海纳百川、追求卓越、开明睿智、大气谦和”的上海城市精神。开幕式的成功举办，在世界范围内感召和凝聚了更多的人来关注和关爱智障人，这无疑创造了国际特奥史上的一个奇迹。正如国际特奥会主席施莱佛所说：“中国在推动特奥事业方面为世界做出了榜样。”也正如国际特奥会所坚信的那样，“我们相信，我们为2007年的特奥会选择了一个最合适的主办地——中国上海”。

2007世界特奥会是迄今为止我国承办的规格最高的国际赛事，参加人数多，活动规模大，国际来宾多，总之任务光荣、艰巨和繁重。为了办好本届特奥会，中共中央总书记、国家主席胡锦涛曾作出一系列指示，他强调：“无论是残疾人事业，还是特奥运动，都是促进人的全面发展的重要事业。”“在特殊奥运会、奥运会和残奥会三项赛事中，上海的特殊奥运会开在最前面，希望有一个很好的开头。”“通过国际奥林匹克运动在中国的开展，将增进中国人民同世界各国人民的了解和友谊，促进中国同世界各国的友好交流与合作。”

特奥会是国家交给上海的重大任务，这既是光荣的任务，更是严峻的考验。上海各有关单位和部门在执委会的统一指挥下，严格按照既定的目标要求和各自承担的任务来开展工作，为确保顺利圆满地完成特奥会的各项任务，为做到万无一失而努力工作。举办一届成功、精彩、难忘的特奥盛会，寄托着中央领导和全国人民的殷切期望，正如当时的上海市委书记习近平所说，这次特奥会在上海举行，是中央对上海的信任。他还说，在特奥会筹备的最后关头，我们要按照中央要求，进一步增强责任感和使命感，再接再厉、全力以赴，不辱使命、不负重托，高标准、高水平、高质量地做好各项工作，确保上海世界特殊奥运会的成功举办。

在2007年上海世界特殊奥运会工作总结大会上，中共中央政治局委员、上海市委书记俞正声代表上海市委和市政府，向所有为特奥工作作出奉献的第一线工作人员和志愿者，向所有参与和支持特奥工作的解放军指战员、武警战士、公安干警和全市人民，表示衷心感谢和崇高敬意。他指出，经过五年多的精心筹备和各方共同努力，上海圆满完成了中央交给的任务，交出了一份出色答卷，实现了“向世界奉献一届精彩、难忘的特奥盛会”的庄严承诺，办出了上海特色、中国水平和国际声誉，为中国奥运系列赛事开了一个好头，为2010年上海世博会作了一次很好预演。成功举办这届特奥会，是党中央、国务院高度重视和正确领导的结果，是组委会成员单位大力支持以及相关城市积极协助的结果，是执委会全力以赴和全市人民热情参与的结果。

俞正声还指出，世界特奥会是一个充满关爱的体育盛会，也是一次构建和谐社会

如花的绽放

的生动实践。大家按照中央和组委会统一部署，充分发挥政治优势、组织优势和群众工作优势，充分发挥社会主义制度集中力量办大事的优势，高水平、高质量举办了这次特奥盛会，集中展示了上海组织重大国际活动的能力。大家坚持从实际出发，大胆探索，勇于创新，形成一套既与国际接轨、又符合国情的上海模式，为今后举办特大型国际综合赛会活动提供了有益借鉴，集中展示了上海干部队伍的整体素质。全市人民识大体、顾大局，积极支持特奥会的承办，营造了“当好东道主、热情迎特奥”的浓厚氛围，集中展示了广大市民的参与热情和文明素质。

俞正声最后指出，2007年上海世界特奥会留给我们的精神财富十分宝贵，希望大家继续发扬特奥精神，坚持解放思想，勇于开拓，认真梳理当前发展中的难点问题，积极探索下一步改革开放的新措施、新对策。要把特奥经验运用到世博筹办工作中，有序推进世博会筹办工作，进一步加快推进力度。要大力促进社会文明和谐，以这次特奥会成功举办为契机，大力弘扬社会新风，广泛开展各种形式的扶贫帮困、扶残助残活动，进一步推动残疾人事业的发展。

总结大会上，上海市市长韩正指出，本届特奥会实现了圆满成功、精彩难忘的预期目标，中央对上海的工作成绩给予充分肯定，社会各界给予好评，境内外媒体反响热烈。特奥会办出了国际水平，展示了国家形象，重大活动彰显亮点。

韩正还指出，这次特奥会的成功举办，全面检验和提升了上海举办重大活动的综合实力。回顾五年来筹办过程，有以下几点经验：一是全面贯彻中央要求，始终得到中央各部委和全国各兄弟省市全力支持。二是全市协同，发挥“机器”效能，形成整体合力。三是创新管理模式和运行机制，强化体系建设，运转高效有序。四是广泛发动社会，弘扬特奥理念，践行城市精神。这是特奥会留下的宝贵精神财富和物质遗产，要以此激励我们深入学习贯彻十七大精神，以饱满的工作热情和昂扬的精神面貌投入今后各项工作中去，为上海加快实现“四个率先”、建设“四个中心”而努力奋斗。

2007年世界特殊奥林匹克运动会办出了上海特色，办出了中国水平，办出了国际声誉。本届特奥会的成功举办，无疑将使中国的国际声誉和国际影响力进一步提升。经过30年的改革开放历程，优秀的中华儿女为了实现中华民族的伟大复兴，在中国，在上海，今后还会创造更多的奇迹。

2007年10月中旬至2008年1月初写于上海－乌鲁木齐

图书在版编目（CIP）数据

拥抱阳光:2007 世界特奥会开幕式纪实/卢一萍著.
上海：上海人民出版社,2008
ISBN 978-7-208-07847-5

Ⅰ. 拥... Ⅱ. 卢... Ⅲ. 世界残疾人运动会:奥运会—开幕式—上海市—2007 Ⅳ. G811.228

中国版本图书馆 CIP 数据核字(2008)第 054104 号

责任编辑 杨柏伟 赵 亮
整体设计 杨钟玮 赵 强
美术编辑 杨德鸿

拥抱阳光
——2007 世界特奥会开幕式纪实
卢一萍 著
世纪出版集团
上海人民出版社出版
(200001 上海福建中路 193 号 www.ewen.cc)
世纪出版集团发行中心发行 上海荣谊印刷有限公司印刷
开本 720×1000 1/16 印张 14 插页 2
2008 年 12 月第 1 版 2008 年 12 月第 1 次印刷
ISBN 978-7-208-07847-5/I·552
定价 48.00 元